P9-CQP-764

ALFAGUARA

Una arruga en el tiempo

Madeleine L'Engle

Traducción de Héctor Silva

Título original en inglés:
A Wrinkle in Time

Alfaguara es un sello editorial del **Grupo Santillana.**
Éstas son sus sedes:

ARGENTINA, BOLIVIA, CHILE, COLOMBIA, COSTA RICA, ECUADOR, EL SALVADOR, ESPAÑA, ESTADOS UNIDOS, GUATEMALA, MÉXICO, PANAMÁ, PERÚ, PUERTO RICO, REPÚBLICA DOMINICANA, URUGUAY Y VENEZUELA

ISBN: 84-204-4074-4

Impreso por Panamericana Formas e Impresos S.A.
Impreso en Colombia Printed in Colombia

Para
Charles Wadsworth Camp
y
Wallace Collins Franklin

INDICE

1. La señora Qué

La noche era lóbrega y tormentosa.

En su dormitorio del ático, Margaret Murry, arrebujada en un viejo edredón de retales, permanecía sentada a los pies de la cama observando los árboles que se sacudían bajo los furibundos azotes del viento. Más allá de los árboles, las nubes cruzaban el cielo a una velocidad frenética. De cuando en cuando, la luna conseguía rasgarlas, creándose de este modo una sucesión fantasmal de sombras que se desplazaban raudamente sobre el terreno.

La casa se estremeció.

Meg, envuelta en su edredón, se estremeció a su vez.

Por lo general, el tiempo no la asustaba. «No es sólo el tiempo», pensó; «es el tiempo encima de todo lo demás. Además de yo misma. Encima de Meg Murry, que todo lo hace mal».

El instituto. Nada le iba bien en el instituto. La habían relegado al nivel inferior de su grado. Aquella mañana, una de sus profesoras le había dicho: «Realmente, Meg, no comprendo cómo una chica con padres tan brillantes como se supone que son los tuyos, puede ser una alumna tan mediocre. Si no consigues mejorar un poco, tendrás que repetir el curso el año próximo».

Durante el almuerzo había armado un pequeño jaleo para mejorar un poco el ánimo, y una de las chicas le había dicho desdeñosamente: «Después de todo, Meg, ya no somos niñas de colegio. ¿Por qué siempre te comportas como una chiquilla?»

Y en el camino de regreso, mientras marchaba con los brazos llenos de libros, uno de los chicos había hecho un comentario acerca de su «hermanito retardado». Al oír aquello, Meg había arrojado los libros al costado del camino y se había lanzado sobre él con todas sus fuerzas; como resultado, había llegado a casa con la blusa rasgada y un gran cardenal debajo de un ojo.

Sus hermanos Sandy y Dennys, los mellizos de diez años, que habían llegado del colegio una hora antes, se enfurruñaron. «Déjanos las peleas a *nosotros*, cuando haya que pelear», le dijeron.

«Que soy una gamberra», pensó con tristeza. «Eso es lo que van a decir ahora. Mamá no. La gente. Todo el mundo. Ojalá que papá...»

Pero todavía no podía pensar en su padre sin riesgo de echarse a llorar. Sólo su madre podía hablar de él con naturalidad, diciendo, «Cuando vuelva tu padre...».

¿Vuelva de dónde? ¿Y cuándo? Seguramente su madre debía saber lo que decía la gente, debía estar al tanto del disimulado cotilleo maligno. Seguramente le lastimaba lo mismo que a ella. Pero si así era, su madre no lo dejaba traslucir. Nada lograba alterar la serenidad de su expresión.

«¿Por qué no podré ocultarlo yo también?», pensó Meg. «¿Por qué tendré siempre que *demostrar* lo que siento?»

La ventana vibró furiosamente con el viento, y Meg se arrebujó más en el edredón. Hecho un rollo sobre una de las almohadas, un esponjoso gatito gris bostezó mostrando su lengua rosácea, hundió nuevamente la cabeza y reanudó el sueño.

Todos dormían. Todos, excepto Meg. Incluso Charles Wallace, el «hermanito retardado», que tenía el misterioso don de darse cuenta cuando ella estaba insomne y se sentía desgraciada, y que tantas noches había subido de puntillas las escaleras del ático para estar con ella, incluso Charles Wallace estaba durmiendo.

¿Cómo podían dormir? La radio había estado todo el día pronosticando un huracán. ¿Cómo podían abandonarla en el ático en su destartalada cama de bronce, sabiendo que el techo podía volar y que ella podía ser lanzada por los aires en aquella noche horrible, para aterrizar quién sabe dónde?

Su temblor se hizo incontrolable.

«Tú pediste el dormitorio en el ático», se dijo con furia. «Mamá te lo dio porque eres la mayor. Es un privilegio, no un castigo».

—No es un privilegio durante un huracán —dijo en voz alta. Arrojó el edredón a los pies de la cama y se puso de pie. El gatito se estiró perezosamente y la miró con ojos muy grandes e inocentes.

—Vuelve a dormirte —dijo Meg—. Alégrate de ser un gatito, y no un monstruo como yo. —Se miró en el espejo del armario e hizo una mueca horrible, poniendo al descubierto una hilera de dientes con ganchos correctores. Con un gesto automático rectificó la posición de sus gafas, deslizó los dedos por el cabello color ratón, que siguió estando desgreñado, y dejó escapar un suspiro casi tan sonoro como el viento.

Sentía bajo los pies el frío de las anchas tablas del piso. El viento se colaba a través de los intersticios alrededor del marco de la ventana, a pesar de la protección supuestamente ofrecida por el bastidor contra la tormenta. Oía el aullido del viento en las chimeneas. De lo profundo de la escalera subió el ladrido de Fortinbrás, el corpulento perro negro. Debía estar asustado él también. ¿A qué le estaría ladrando? Fortinbrás nunca ladraba sin motivo.

De pronto recordó que cuando había estado en la oficina de correos a recoger la correspondencia, había oído hablar de un vagabundo que al parecer había robado doce sábanas de casa de la señora Buncombe, la mujer del policía del pueblo. No lo habían pescado, y tal vez ahora mismo se estuviera dirigiendo hacia la casa de los Murry, aislada como estaba sobre un camino secundario; y esta vez quizás anduviera tras algo más que unas sábanas. Meg no había prestado mucha atención a la conversación sobre el vagabundo en aquel momento, porque la encargada del correo le había preguntado, con una sonrisa almibarada, si había sabido algo de su padre últimamente.

Meg ordenó su pequeña habitación y avanzó a través de la penumbra del ático principal, tropezando contra la mesa de ping-pong. «Encima, ahora voy a tener un cardenal en la cadera», pensó.

A continuación, tropezó con la casa de muñecas, el caballito de vaivén de Charles Wallace, los trenes eléctricos de los mellizos.

—¿Por qué todo tiene que pasarme a mí? —le preguntó a un voluminoso oso de peluche.

Al pie de la escalera del ático se detuvo a escuchar. Ningún sonido llegaba del cuarto de Charles Wallace, a la derecha. Tampoco de la habitación de sus padres, a la izquierda, donde su madre dormía sola en la gran cama de matrimonio. En puntillas, se dirigió al vestíbulo y se introdujo en el cuarto de los mellizos, acomodándose otra vez las gafas como si pudieran ayudarla a ver mejor en la oscuridad. Dennys roncaba. Sandy murmuró algo acerca del béisbol y siguió dormido. Los mellizos no tenían problemas. No eran grandes estudiantes, pero tampoco malos. Estaban perfectamente satisfechos con obtener casi siempre una B, amén de alguna A o una C de vez en cuando.* Eran corredores fuertes y veloces y destacaban en los juegos, y cuando alguien gastaba alguna broma acerca de un miembro de la familia Murry, nunca se refería a Sandy o a Dennys.

Salió de la habitación de los mellizos y bajó las escaleras, evitando el crujido del séptimo escalón. Fortinbrás había cesado de ladrar. No era el vagabundo esta vez, pues. Fort habría continuado ladrando si hubiera habido alguien merodeando.

«¿Y si llega a venir? ¿Y si tuviera un cuchillo? Nadie vive lo bastante cerca como para oírnos, aunque gritemos. Tampoco le preocuparía a nadie de todos modos.»

«Voy a prepararme un poco de cacao», resolvió. «Eso me reanimará, y si el techo sale volando, al menos yo no volaré con él».

La luz de la cocina ya estaba encendida, y Charles Wallace se hallaba sentado a la mesa, bebiendo leche y comiendo pan con mermelada. Parecía muy pequeño y vulnerable sentado allí, solo, en la vasta y anticuada cocina, un chiquillo rubio enfundado en un desteñido pijama azul, con los pies oscilando a veinte centímetros del suelo.

—¡Hola! —dijo alegremente—. Te estaba esperando.

Desde abajo de la mesa, donde yacía a los pies de Charles Wallace esperando algunas migajas, Fortinbrás alzó la cabeza oscura saludando a Meg, y batió el rabo contra el piso. Fortinbrás se había presentado en la puerta de los Murry una noche de invierno, siendo cachorro aún, flacucho y abandonado. Era, según el padre de Meg, en parte perdiguero y en parte galgo, y poseía una belleza propia, emanada de su esbeltez y su pelo oscuro.

—¿Por qué no subiste al ático? —preguntó

---

* En los países anglosajones, se utilizan las letras A, B, C, en ese orden, para calificar la labor del estudiante. *(N. del T.)*

Meg a su hermano, hablándole como si él fuera cuando menos de su misma edad–. Estaba muerta de miedo.

–Entra demasiado viento en ese ático tuyo –dijo el pequeño–. Sabía que ibas a bajar. Te he puesto a calentar un poco de leche. Ya debe estar caliente.

¿Cómo era que Charles Wallace siempre sabía lo que ella quería? ¿Cómo era que siempre lo adivinaba? Nunca sabía –o no parecía importarle– lo que estuvieran pensando Dennys o Sandy. Era en la mente de su madre, y en la de Meg, donde sondeaba con una precisión asombrosa.

¿Era porque le tenían un poco de miedo por lo que las gentes murmuraban acerca del hijo menor de los Murry, de quien se rumoreaba que no era precisamente brillante? «He oído decir que las personas inteligentes suelen tener hijos subnormales», había escuchado Meg una vez. «Los dos chicos parecen ser niños normales y sin problemas, pero esa chica feúcha y el pequeño no son, ciertamente, lo mismo».

Era verdad que Charles Wallace rara vez hablaba cuando había alguien alrededor, por lo que mucha gente pensaba que no había aprendido a hablar. Y era cierto que no había hablado hasta que tuvo casi cuatro años. Meg palidecía de furia cada vez que las personas lo miraban y meneaban la cabeza con lástima.

«No te preocupes por Charles Wallace, Meg», le había dicho una vez su padre. Meg lo recordaba claramente porque había sido poco antes de que se fuera. «Su cerebro está perfectamente. Simplemente hace las cosas a su modo y según su propio ritmo».

«No quiero que crezca para ser un retardado como yo», había dicho Meg.

«Oh, querida mía, tú no eres retardada», había contestado su padre. «Tú eres como Charles

Wallace. Tu desarrollo tiene que seguir su propio ritmo. Sucede, sencillamente, que no es el ritmo corriente».

«¿Cómo lo sabes?», había interrogado Meg. «¿Cómo *sabes* que no soy retardada? ¿No será sólo porque me quieres?»

«Te quiero, pero no lo sé por eso. Mamá y yo te hemos hecho una cantidad de tests, ya sabes».

Era verdad. Meg se había dado cuenta de que algunos de los «juegos» que sus padres jugaban con ella eran en realidad tests, y de que había habido más para ella y para Charles Wallace que para los mellizos.

«¿Te refieres a tests de I. Q.?»*

«Sí, algunos de ellos».

«¿Está bien mi I. Q.?»

«Mejor que bien».

«¿Y cuál es?»

«Eso no voy a decírtelo. Pero la cifra me garantiza que tanto tú como Charles Wallace seréis capaces de lograr lo que queráis cuando alcancéis vuestro desarrollo. Espera a que Charles Wallace empiece a hablar. Ya verás».

¡Cuánta razón había tenido acerca de esto último!; aunque se había ido antes de que Charles Wallace empezara a hablar repentinamente, sin emplear la media lengua infantil, utilizando oraciones completas. ¡Qué orgulloso se habría sentido!

—Será mejor que vigiles la leche —le dijo en aquel momento Charles Wallace a Meg—: sabes que no te gusta cuando se le forma nata arriba.

—Has puesto el doble de la leche necesaria —dijo Meg, inspeccionando el interior del cazo.

Charles Wallace asintió calmosamente.

—Pensé que mamá podría querer un poco.

---

* I. Q. Siglas de Intelligence Quotient (cociente de inteligencia). *(N. del T.)*

—¿Que podría querer qué? —dijo una voz, y allí estaba su madre, de pie en el vano de la puerta.

—Cacao —dijo Charles Wallace—. ¿Te gustaría un sandwich de paté y queso fundido? Me encantaría prepararte uno.

—Sería estupendo —dijo la señora Murry—, pero puedo preparármelo yo misma, si estás ocupado.

—No hay ningún problema. —Charles Wallace se deslizó de la silla y se dirigió trotando a la nevera, golpeteando el suelo con la suavidad de un gatito—. ¿Y tú, Meg? —preguntó—, ¿un sandwich?

—Sí —dijo ella—, pero no de paté. ¿Tenemos tomates?

Charles Wallace echó una ojeada al interior de la nevera.

—Hay uno. ¿Puedo usarlo para Meg, mamá?

—¿Qué mejor uso se le podría dar? —sonrió la señora Murry—. Pero no hables tan alto, Charles. Es decir, a menos que quieras que bajen también los mellizos.

—Seamos exclusivistas —dijo Charles Wallace—; ésa es mi palabra nueva para hoy. Causa impresión, ¿verdad?

—Extraordinaria —dijo la señora Murry—. Meg, ven y enséñame ese cardenal.

Meg se arrodilló a los pies de su madre. El calor y la luz de la cocina la habían distendido, hasta el extremo de hacerle olvidar el miedo pasado en el ático. El cacao despedía su fragancia en el cazo; los geranios florecían en el alféizar de la ventana, y en el centro de la mesa había un ramillete de pequeños crisantemos amarillos. Las cortinas, rojas con un dibujo geométrico azul y verde, estaban corridas y parecían comunicar a toda la habitación un aire alegre. El hornillo ronroneaba como un gran animal soñoliento; el hierro incandescente emitía un resplandor uniforme; afuera, el viento seguía batiendo contra la casa aislada en la oscuridad, pero dentro, aquella fuerza desatada que había atemorizado a Meg cuando se hallaba sola en el ático, quedaba contrarrestada por el ambiente conocido y reconfortante de la cocina. Debajo de la silla de la señora Murry, Fortinbrás dejó escapar un suspiro de satisfacción.

La señora Murry palpó suavemente la mejilla amoratada de Meg. Meg alzó la cabeza, y su mirada fue mitad de embelesada admiración, mitad de hosco resentimiento. No era una ventaja el tener una madre que, además de ser una científica, era una belleza. La llameante cabellera roja de la señora Murry, su tez nívea y sus ojos violáceos provistos de largas pestañas oscuras, resultaban todavía más espectaculares cuando se los comparaba con la notoria vulgaridad de Meg. El cabello de Meg había sido pasable mientras lo llevó cuidadosamente recogido en trenzas, pero cuando empezó a ir al instituto se lo cortaron, y ahora ella y su madre se afanaban para peinarlo, pero le quedaba rizado de un lado y lacio del otro, con lo que parecía más fea que antes.

—Tú no sabes qué es la moderación, ¿verdad, mi amor? —preguntó la señora Murry—. Me pregunto si alguna vez aprenderás lo que es un adecuado término medio. Feo cardenal el que te ha hecho el chico de los Henderson. Por cierto, poco después de que te fueras a la cama llamó su madre para quejarse de cómo le habías lastimado. Yo le dije que, puesto que él es un año mayor que tú y pesa por lo menos diez quilos más, me parecía que era yo la que debería estar quejándome. Pero ella parecía convencida de que toda la culpa era tuya.

—Supongo que eso depende de cómo lo mires —dijo Meg—. Generalmente, cuando ocurre cualquier cosa la gente piensa que es culpa mía, aunque yo no haya tenido nada que ver en el asunto. Pero lamento haberme peleado con él. Ha sido una semana espantosa. Y estoy muy desconcertada.

La señora Murry frotó suavemente la hirsuta cabeza de Meg.

—¿Y sabes por qué?

—*Odio* ser una persona rara —dijo Meg—. También resulta una carga para Sandy y Dennys. Yo no sé si ellos son realmente como todo el mundo, o si simplemente son capaces de simularlo. Yo trato de simularlo, pero es inútil.

—Tú eres demasiado sincera para poder simular que eres lo que no eres —dijo la señora Murry—. Lo siento, Meglet. Tal vez tu padre pudiese ayudarte si estuviera aquí, pero no creo que yo pueda hacer nada hasta que haya transcurrido un cierto tiempo. Entonces las cosas serán más fáciles para ti. Pero eso no es de gran ayuda ahora mismo, ¿no es cierto?

—Tal vez si no tuviera una pinta tan repulsiva..., si fuera bonita como tú...

—Mamá no es para nada bonita: es hermosa —declaró Charles Wallace, untando paté—; por lo tanto, apuesto a que era espantosa cuando tenía tu edad.

—Estás muy en lo cierto —dijo la señora Murry—. Tienes que darte tiempo, Meg.

—¿Quieres lechuga en tu sandwich, mamá? —preguntó Charles Wallace.

—No, gracias.

El niño cortó el sandwich en porciones, lo puso en un plato y lo colocó delante de su madre.

—El tuyo vendrá en un minuto, Meg. Creo que voy a hablarle de ti a la señora Qué.

—¿Quién es la señora Qué? —preguntó Meg.

—Creo que por ahora me mantendré exclusivista en lo que tiene que ver con ella —dijo Charles Wallace—. ¿Sal de cebolla?

—Sí.

—¿Qué quiere decir «señora Qué»? —preguntó la señora Murry.

—Se llama así —contestó Charles Wallace—. ¿Conoces la vieja casa techada con tablas sin pulir allá por el bosque, a la que los chavales no se acercan porque se dice que está embrujada? Pues allí viven.

—¿Viven?

—La señora Qué y sus dos amigas. Hace un par de días salí con Fortinbrás; tú y los mellizos estabais en clase, Meg. Nos gusta andar por el bosque, y de repente él salió corriendo tras una ardilla, y yo tras él, y terminamos en la casa embrujada, así que las conocí por casualidad, podría decirse.

—Pero allí no vive nadie —dijo Meg.

—La señora Qué y sus amigas, sí. Son muy agradables.

—¿Por qué no me lo has contado antes? —preguntó la señora Murry—. Y tú sabes que se supone que no saldrás de nuestro terreno sin permiso, Charles.

—Lo sé —dijo Charles—. Ese es uno de los motivos por los cuales no te lo conté. Salí detrás de Fortinbrás casi sin pensarlo. Y luego decidí, bueno, que en todo caso a ellas las reservaría para un caso de emergencia.

Una nueva embestida del viento sacudió la casa, y repentinamente la lluvia empezó a castigar las ventanas.

—Este viento no me gusta nada —dijo Meg nerviosamente.

—Van a volar algunas tablas del tejado, eso es seguro —dijo la señora Murry—. Pero esta casa ha estado en pie durante más de doscientos años, y creo que va a durar un poco más, Meg. Ha soplado más de un viento fuerte en esta colina.

—¡Pero esto es un huracán! —gimió Meg—. ¡La radio se ha pasado anunciando que era un huracán!

—Estamos en octubre —le dijo la señora Murry—. Ha habido tormentas en octubre antes de ahora.

Mientras Charles Wallace le daba a Meg su sandwich, Fortinbrás salió de debajo de la mesa. Emitió un aullido grave y prolongado, y vieron que se le erizaba el pelo en el lomo oscuro. Meg sintió que a ella misma se le erizaba la piel.

—¿Qué pasa? —preguntó con ansiedad.

Fortinbrás miraba fijamente hacia la puerta que daba al laboratorio, situado en el recinto donde antiguamente se procesaba la leche, inmediatamente al lado de la cocina. Más allá del laboratorio, una despensa conducía al exterior, si bien la señora Murry se había esforzado en acostumbrar a la familia a que entrara en la casa por la puerta del garaje o la puerta principal, y no a través de su laboratorio. Pero era hacia la puerta del laboratorio, y no la del garaje, hacia donde Fortinbrás dirigía sus aullidos.

—No habrás dejado ningún pestilente compuesto químico cocinándose sobre un mechero Bunsen, ¿verdad, mamá? —inquirió Charles Wallace.

La señora Murry se puso de pie.

—No. Pero de todos modos, será mejor que vaya a ver qué es lo que ha puesto intranquilo a Fort.

—Es el vagabundo, estoy segura de que es el vagabundo —dijo Meg nerviosamente.

—¿Qué vagabundo? —preguntó Charles Wallace.

—Esta tarde, en la oficina de correos, estaban diciendo que un vagabundo había robado todas las sábanas de la señora Buncombe.

—Entonces más vale que cuidemos nuestros almohadones —dijo la señora Murry en tono festivo—. Creo que ni siquiera un vagabundo andaría a la intemperie en una noche como ésta, Meg.

—Es probable que por eso mismo esté ahí

fuera –se lamentó Meg–: buscando un lugar para *no estar* a la intemperie.

–En cuyo caso, le ofreceré el granero hasta mañana. –La señora Murry marchó resueltamente hacia la puerta.

–Yo voy contigo –chilló Meg.

–No, Meg, tú quédate con Charles y cómete tu sandwich.

–¡Comer! –exclamó Meg mientras la señora Murry atravesaba el laboratorio–. ¿Cómo espera que pueda comer?

–Mamá sabe cuidar de sí misma –dijo Charles–. Físicamente, quiero decir. –Pero sentado en la silla de su padre, golpeaba los travesaños con las piernas; y Charles Wallace, a diferencia de la mayoría de los niños pequeños, poseía la capacidad de permanecer quieto.

Después de unos minutos que a Meg le parecieron eternos, la señora Murry regresó, sosteniendo la puerta abierta para que pasara... ¿sería el vagabundo? Parecía pequeño, para la idea que Meg se hacía de un vagabundo. La edad y el sexo eran imposibles de adivinar, pues la forma estaba completamente envuelta en ropa. Tenía varios pañuelos de diversos colores atados en torno a la cabeza, y un sombrero de fieltro, de hombre, encasquetado encima. Llevaba una llamativa estola rosada anudada sobre un tosco abrigo, y los pies enfundados en botas negras de goma.

–Señora Qué –dijo Charles recelosamente–, ¿qué anda haciendo usted por aquí? ¿Y a estas horas de la noche, además?

–Vaya, no te sobresaltes, cielo. –La voz surgía atravesando el cuello levantado del abrigo, la estola, los pañuelos y el sombrero; una voz que recordaba a un gozne sin engrasar, pero que por alguna razón no era desagradable.

–La señora..., este..., la señora Qué dice que se ha extraviado –dijo la Sra. Murry–. ¿Querría usted un poco de chocolate caliente, señora Qué?

—Me encantaría, ciertamente —contestó la señora Qué, quitándose el sombrero y la estola—. No es tanto que me haya extraviado como que el viento me ha desviado de mi camino. Y cuando me di cuentra de que estaba ante la casa del pequeño Charles Wallace, pensé en entrar y descansar un poco antes de reanudar la marcha.

—¿Cómo supo que ésta era la casa de Charles Wallace? —preguntó Meg.

—Por el olor. —La señora Qué se desató sucesivamente un pañuelo estampado con pétalos azules y verdes, otro floreado en rojo y amarillo, otro con dibujos dorados, y un pañuelo de hierbas* rojo y negro. Debajo de todo esto apareció una cantidad no muy abundante de pelo grisáceo, formando un pequeño aunque esmerado moño en lo alto de la cabeza. Los ojos eran vivaces, la nariz una suave protuberancia redonda, y la boca mostraba las arrugas de una manzana otoñal.

—¡Vaya!, aquí sí que se está a gusto y abrigado —dijo.

—Tome asiento —dijo la señora Murry, señalando una silla—. ¿Querría un sandwich, señora Qué? Yo he tomado uno de paté y queso fundido; Charles ha comido pan con mermelada, y Meg, uno de tomate y lechuga.

—Bueno, veamos... —dijo meditando la señora Qué—, a mí me gusta con locura el caviar ruso.

—¡No vale! ¡Ha estado mirando a hurtadillas! —gritó Charles con indignación—. ¡Lo estamos guardando para el cumpleaños de mamá, así que no podemos darle!

La señora Qué lanzó un profundo y patético suspiro.

—*No* —dijo Charles—. Y tú no cedas, mamá,

* Pañuelo de bolsillo de hombre, grande y con dibujos, que usan generalmente los campesinos. *(N. del T.)*

porque me harás rabiar. ¿Qué le parece uno de ensaladilla?

—Está bien —dijo mansamente la señora Qué.

—Yo lo prepararé —se ofreció Meg, dirigiéndose a la despensa en busca del atún.

«Es para ponerse a llorar», pensó, «esta vieja irrumpe en mitad de la noche, y mamá lo toma como si fuese lo más natural del mundo. Apostaría a que *ella* es el vagabundo. Seguro que fue *ella* quien robó esas sábanas. Y ciertamente, no es una persona con la que Charles Wallace debería haber hecho amistad, sobre todo teniendo en cuenta que él apenas le habla a la gente corriente».

—Hace muy poco que estoy en la vecindad —estaba diciendo la señora Qué cuando Meg apagaba la luz de la despensa y regresaba a la cocina con el atún—, y no creía que los vecinos fueran a gustarme nada, hasta que apareció el pequeño Charles con su perro.

—Señora Qué —inquirió Charles Wallace con gesto adusto—, ¿por qué se apoderó usted de las sábanas de la señora Buncombe?

—Bueno, las *necesitaba*, Charles querido.

—Tiene que devolverlas inmediatamente.

—Pero Charles, querido, no *puedo*. Las he *utilizado*.

—Ha hecho usted muy mal —rezongó Charles Wallace—. Si tenía tanta necesidad de sábanas, debía habérmelas pedido a mí.

La señora Qué meneó la cabeza y lanzó una risita.

—A ti no te sobran las sábanas. A la señora Buncombe, sí.

Meg picó un poco de apio y lo mezcló con el atún. Vaciló un momento, y luego abrió la nevera y sacó un frasco de pepinillos dulces. «No sé por qué estoy haciendo esto por ella», pensó. «No le tengo ni pizca de confianza».

—Dile a tu hermana que soy de confianza

—le dijo a Charles la señora Qué—. Dile que mis intenciones son buenas.

—El camino del infierno está empedrado de buenas intenciones —recitó Charles.

—¡Toma! ¡Eso sí que es ingenioso! —exclamó la señora Qué, irradiando afecto—. Es una suerte que tenga quien le comprenda.

—Pues me temo que no es así —dijo la señora Murry—. Ninguno de nosotros está al nivel de Charles.

—Pero al menos no tratáis de coartarle; le dejáis ser él mismo —dijo la señora Qué asintiendo vigorosamente con la cabeza.

—Aquí está su sandwich —dijo Meg, ofreciéndoselo a la señora Qué.

—¿Les importaría si me quito las botas antes de comerlo? —preguntó la señora Qué, sin dejar sin embargo de coger el sandwich—. Oigan —agregó, agitando los pies para hacer oír el chapoteo del agua dentro de las botas—. Tengo los pies empapados. El problema es que estas botas me van un poquitín ajustadas y nunca puedo quitármelas yo sola.

—Yo la ayudaré —se ofreció Charles.

—Tú no. No tienes bastante fuerza.

—Permítame. —La señora Murry se acuclilló delante de la señora Qué, tironeando de una de las botas mojadas. Cuando ésta cedió, lo hizo súbitamente. La señora Murry cayó sentada. La señora Qué cayó hacia atrás con silla y todo, con un brazo en alto aferrando el sandwich. El agua que salió de la bota corrió por el piso, mojando la amplia estera trenzada.

—¡Oh, caramba! —dijo la señora Qué, tumbada de espaldas en la silla volcada, con los pies en alto, uno enfundado en un calcetín a rayas blancas y rojas y el otro todavía calzado en su bota.

La señora Murry se puso de pie.

—¿Está usted bien, señora Qué?

—Si tiene usted un poco de linimento, me lo aplicaré en las posaderas —dijo la señora Qué, todavía en posición supina—. Creo que se me han dislocado. Un poquito de aceite de clavero bien mezclado con ajo es bueno para esto —agregó, antes de dar un gran mordisco a su sandwich.

—Levántese, por favor —dijo Charles—. No me gusta verla tirada ahí de esa manera. Está llevando las cosas demasiado lejos.

—¿Has tratado alguna vez de ponerte de pie con las posaderas abolladas? —La señora Qué, no obstante, salió de su incómoda postura, enderezó la silla, y luego se sentó en el suelo, con el pie calzado hacia adelante, y tomó otro bocado. Se movía con gran agilidad para ser una anciana. Al menos, Meg cstaba razonablemente segura de que era una anciana, y muy anciana, por lo demás.

La señora Qué, con la boca llena, ordenó a la señora Murry:

—Ahora tire usted, que ya estoy en el suelo.

Con tal compostura, como si aquella anciana y sus botas no tuvieran nada fuera de lo común, la señora Murry tiró, hasta que la segunda bota dejó libre el pie. Este iba enfundado en un calcetín escocés, y la señora Qué se quedó allí sentada, moviendo los dedos de los pies y concluyendo alegremente su sandwich, antes de volver a levantarse.

—¡Ah! —dijo—, esto está mucho mejor. —Cogió ambas botas y las sacudió encima del fregadero—. Tengo el estómago lleno, me he calentado por dentro y por fuera, y es hora de volver a casa.

—¿No será mejor que se quede hasta mañana? —preguntó la señora Murry.

—Oh, gracias, querida, pero hay *tanto* que hacer que no puedo dedicar el tiempo a andar por ahí entreteniéndome.

—Pero es una noche tempestuosa.

—Me encantan las noches tempestuosas —dijo

la señora Qué–; lo único que ha ocurrido es que me cogió una corriente baja y me desvió de curso.

–Bueno, por lo menos se le han secado los calcetines...

–Los calcetines mojados no me molestan. Lo que no me gustaba era el agua empantanada dentro de las botas. Pero no se preocupe por mí, corderita («corderita» no era el apelativo en el que cualquiera pensaría espontáneamente para dirigirse a la señora Murry). Me sentaré un momento para zamparme las botas, y me pondré en camino. Y hablando de caminos, monina, *un teselacto es una cosa perfectamente posible.*

La señora Murry palideció y, tendiendo un brazo hacia atrás, se aferró a una silla buscando apoyo.

–¿Qué ha dicho? –balbuceó.

La señora Qué empezó a tironear de su segunda bota.

–He dicho –refunfuñó, empujando el pie adentro– que un teselacto –empujón– es una cosa –empujón– perfectamente posible. –El pie acabó por fin en el fondo de la bota, y echando mano a chales, pañuelos y sombrero, la anciana se precipitó hacia la puerta. La señora Murry permaneció muy quieta, sin hacer ningún movimiento para ayudarla. Cuando la puerta se abrió, Fortinbrás se abalanzó adentro, jadeante, mojado y lustroso como una foca. Miró a la señora Murry y emitió un gemido.

La puerta se cerró de un portazo.

–Mamá, ¿qué sucede? –exclamó Meg–. ¿Qué es lo que ha dicho? ¿De qué se trata?

–El teselacto... –susurró la señora Murry–. ¿Qué quiso decir? ¿Cómo pudo haber sabido?

2. La señora Quién

Cuando el sonido discordante de su despertador despabiló a Meg, el viento seguía soplando, pero brillaba el sol; lo peor de la tormenta había pasado. Se sentó en la cama, sacudiendo la cabeza para despejarse.

Debía haber sido un sueño. Había estado asustada por la tormenta e inquieta por lo del vagabundo, y por eso había soñado que bajaba a la cocina y veía a la señora Qué, y que su madre se mostraba atemorizada y desconcertada ante aquella palabra; ¿cómo era?, tes... algo.

Se vistió apresuradamente, recogió al gato que seguía hecho un ovillo sobre la cama y lo dejó caer al piso sin contemplaciones. El gatito bostezó, se desperezó, emitió un lastimero maullido, y salió trotando del ático en dirección a la escalera. Meg hizo su cama y salió tras él. En la cocina, la señora Murry estaba preparando tostadas y los mellizos ya estaban a la mesa. El gatito lamía leche de un platillo.

–¿Dónde está Charles? –preguntó Meg.

–Durmiendo aún. Ya sabes que tuvo una noche bastante movida.

–Esperaba que hubiera sido un sueño.

Su madre volvió lentamente las cuatro rebanadas de pan que estaba tostando, y luego dijo en tono sereno:

—No, Meg. No fue un sueño. Yo no lo comprendo más de lo que puedas hacerlo tú, pero hay algo que he aprendido, y es que no es necesario que comprendas una cosa para que la cosa *exista*. Lamento haberte mostrado mi desconcierto. Tu padre y yo solíamos bromear acerca de un teselacto.

—¿Qué es un teselacto? —preguntó Meg.

—Es un concepto —dijo la señora Murry, mientras alcanzaba la miel a los mellizos—. Intentaré explicártelo después. No queda tiempo antes de irte a clase.

—No sé por qué no nos despertaste —dijo Dennys—. Nos hemos perdido la diversión.

—Seguro que vais a estar mucho más despiertos en clase que yo —Meg se llevó la tostada a la mesa.

—Y eso qué importa —dijo Sandy—. Si vas a dejar entrar viejos vagabundos en la casa en mitad de la noche, mamá, deberías tenernos a Den y a mí cerca para protegerte.

—Después de todo, es lo que papá esperaría de nosotros —añadió Dennys.

—Ya sabemos que tienes una mente privilegiada y todo eso, mamá —dijo Sandy—, pero no tienes demasiado sentido común. Y Meg y Charles tampoco, desde luego.

—Ya lo sé. Somos idiotas —dijo Meg agriamente.

—Ojalá no fueses *tan* cabeza de chorlito, Meg. Pásame la miel —Sandy extendió el brazo—. No tienes que tomártelo todo como algo *personal*. ¡Por amor de Dios, busca un término medio! En el instituto no haces más que matar el tiempo y mirar por la ventana, y no prestar atención.

—No haces más que empeorar las cosas para ti —dijo Dennys—. Y Charles Wallace también lo va a pasar horrible el año que viene, cuando empiece a ir al colegio. *Nosotros* sabemos que es brillante, pero es tan raro cuando hay otras personas presentes, y la gente está tan acostumbrada a pensar que es mudo, que no sé qué va a pasar con él. Sandy y yo nos pegaremos con cualquiera que se la tome con él, pero no podremos hacer mucho más.

—No nos preocupemos del año que viene hasta que hayamos acabado éste —dijo la señora Murry—. ¿Otra tostada, chicos?

En el colegio, Meg se sintió cansada; le pesaban los párpados y no podía concentrarse. En la clase de Ciencias Sociales le pidieron que nombrase los principales productos de importación y exportación de Nicaragua, y aunque aplicadamente los había estudiado la noche anterior, no pudo recordar ninguno. La profesora hizo una observación irónica; el resto de la clase se rio; y ella se sentó con furia en el asiento.

—¿A quién le preocupan las importaciones y exportaciones de Nicaragua, de todos modos? —rezongó en voz baja.

—Si vas a ponerte grosera, Meg, puedes salir de clase —dijo la profesora.

—Está bien, lo haré —dijo Meg con enojo, abandonando el salón.

Mientras estaba en el salón de estudio, el director la mandó llamar.

—¿Qué problema tienes esta vez, Meg? —preguntó, en tono bastante apacible.

—Ninguno, señor Jenkins.

—La señorita Porter me dice que estuviste imperdonablemente grosera.

Meg se encogió de hombros.

—¿No te das cuenta de que tu actitud te lo pone todo más difícil? —preguntó el director—. Mira,

Meg, *yo* estoy convencido de que eres capaz, y de que puedes estar al nivel de tu clase si te lo propones, pero algunos de tus profesores no piensan lo mismo. Vas a tener que hacer algo al respecto. Nadie puede hacerlo por ti.

Meg permaneció en silencio.

—¿Bien? ¿Qué piensas, Meg?

—No sé qué hacer —dijo Meg.

—Podrías hacer tus deberes, por ejemplo. ¿Tu mamá no podría ayudarte?

—Si se lo pidiese...

—Meg, ¿te preocupa alguna cosa? ¿No eres feliz en tu casa? —preguntó el señor Jenkins.

Por fin Meg lo miró, ajustándose las gafas con su gesto característico.

—En mi casa todo anda *perfectamente*.

—Me alegro de oírlo. Pero sé que debe ser duro para ti que tu padre esté ausente.

Meg miró aprensivamente al director, y se pasó la lengua por los dientes alambrados.

—¿Has tenido noticias de él últimamente?

Meg estaba segura de que no era sólo su imaginación la que la hacía sentir que detrás de la preocupación del señor Jenkins había un destello de ávida curiosidad. «¡Seguro que le gustaría saberlo!», pensó. «Y si yo supiera algo, él sería la última persona a quien se lo contaría. Bueno, una de las últimas».

La encargada de Correos debía saber que había pasado casi un año desde la última carta, y sabe Dios a cuánta gente se lo había comentado, o qué maliciosas conjeturas había formulado acerca del motivo de tan largo silencio.

El señor Jenkins aguardaba una respuesta, pero Meg sólo se encogió de hombros.

—¿Y en qué se ocupa tu padre? —preguntó el señor Jenkins—. Tengo entendido que es un científico, ¿no es así?

—Es *físico*. —Meg descubrió los dientes para

mostrar las dos feroces hileras de ganchos de alambre.

—Meg, ¿no crees que te iría mejor si te enfrentases con los hechos?

—Yo me enfrento con los hechos —dijo Meg—. Son mucho más fáciles de afrontar que las personas, se lo aseguro.

—Entonces ¿por qué no te enfrentas con los hechos en lo que tiene que ver con tu padre?

—¡No meta a mi padre en este asunto! —gritó Meg.

—Deja de vociferar —dijo secamente el señor Jenkins—. ¿Quieres que te oiga todo el colegio?

—¿Y qué? —interrogó Meg—. No me avergüenza nada de lo que estoy diciendo. ¿Y a usted?

El señor Jenkins suspiró.

—¿Tú disfrutas siendo la chica más beligerante y rebelde del colegio?

Meg no hizo caso de la pregunta. Se inclinó hacia el director por encima del escritorio.

—Señor Jenkins: usted conoce a mi madre, ¿verdad? No puede acusarla de no hacer frente a los hechos, ¿o sí? Es una científica. Es doctorada en biología y en bacteriología. Se ocupa de *hechos*. Cuando ella me diga que mi padre no va a volver a casa, lo creeré. Mientras me diga que *sí* va a volver, seguiré creyendo eso.

El señor Jenkins suspiró otra vez.

—Sin duda tu madre quiere creer que tu padre va a regresar, Meg. Muy bien, no puedo hacer nada más contigo. Vuelve al salón de estudio. Trata de ser un poco menos hostil. Tal vez tu rendimiento mejorase si tu actitud general fuera más dócil.

Cuando Meg llegó a su casa del colegio, su madre estaba en el laboratorio, los mellizos en el

Club Infantil, y Charles Wallace, el gatito y Fortinbrás esperándola. Fortinbrás dio un brinco, le apoyó las patas delanteras en los hombros y le dio un beso, mientras el gatito corría hacia su platillo vacío y maullaba con fuerza.

—Venga —dijo Charles Wallace—, vámonos.

—¿A dónde? —preguntó Meg—. Tengo hambre, Charles. No quiero ir a ninguna parte antes de haber comido algo. —Todavía estaba disgustada por la entrevista con el señor Jenkins, y su voz sonó malhumorada. Charles Wallace la observó pensativo mientras ella se dirigía a la nevera, le daba un poco de leche al gatito, y bebía ella misma un vaso lleno.

Charles le alcanzó una bolsa de papel.

—Aquí hay un sandwich, unas galletitas y una manzana. He pensado que debíamos ir a ver a la señora Qué.

—¡Vaya! —dijo Meg—. *¿Por qué*, Charles?

—A ti te sigue inspirando recelo, ¿no es verdad?

—Pues sí.

—No hay motivo. Es de fiar. Te lo aseguro. Está de nuestro lado.

—¿Cómo lo sabes?

—*Meg* —dijo con impaciencia—, *lo sé.*

—¿Pero por qué tenemos que ir a verla hoy?

—Quiero descubrir algo más acerca de ese asunto del teselacto. ¿Te fijaste cómo sobresaltó a mamá? Tú sabes que cuando mamá no puede controlar sus sentimientos, cuando podemos ver que está preocupada, es porque se trata de algo grande.

Meg reflexionó un momento.

—Bien, vamos. Pero llevemos a Fortinbrás.

—Desde luego. Le hace falta.

Los dos chicos partieron, con Fortinbrás que corría por delante, se daba la vuelta para reunirse con ellos, y salía disparado otra vez. Los Murry vivían a unas cuatro millas a las afueras del pueblo.

Detrás de la casa había un bosque, y fue por allí que Charles Wallace llevó a Meg.

—Charles, va a estar en un gran apuro, la señora Qué, me refiero, si se descubre que se ha instalado en la casa embrujada. Y que se ha llevado las sábanas de la señora Buncombe, y todo eso. Podrían meterla en chirona.

—Uno de los motivos que tengo para ir hoy es que estén prevenidas.

—¿Prevenidas?

—Ya te he dicho que estaba allí con dos amigas. No estoy seguro de que haya sido la señora Qué en persona la que se llevó esas sábanas, aunque sería muy capaz de hacerlo.

—¿Pero para qué podría querer todas esas sábanas?

—Pienso preguntárselo —dijo Charles Wallace—, y decirles que será mejor que tengan más cuidado. En realidad, no creo que vayan a dejar que nadie las descubra, pero pensé que debíamos mencionar la posibilidad. A veces, en vacaciones, algunos de los chicos se acercan hasta allí en busca de emociones, pero no creo que ninguno lo haga ahora, en plena temporada de baloncesto.

Marcharon en silencio un rato a través del bosque lleno de fragancias, sobre el terreno cubierto de amortiguadora pinocha. En lo alto, sobre sus cabezas, el viento hacía música entre el ramaje. Charles Wallace deslizó confiadamente su mano en la de Meg, y aquel gesto tierno y pueril la emocionó tanto, que sintió que el apretado nudo en su interior empezaba a aflojarse. «En todo caso, *Charles* sí me quiere», pensó.

—Ha vuelto a irte horrible en el colegio, hoy, ¿eh? —preguntó él al cabo de un rato.

—Sí. Me mandaron a ver al señor Jenkins, que hizo comentarios maliciosos acerca de papá.

Charles Wallace asintió como quien ya está enterado.

–Ya lo sé –dijo.

–¿Y *cómo* lo sabes?

Charles Wallace sacudió la cabeza.

–No puedo explicarlo. Tú me lo cuentas, eso es todo.

–Pero yo nunca digo nada. Al parecer, simplemente te enteras.

–De todo lo que tú me cuentas –dijo Charles.

–¿Y los mellizos? –preguntó Meg–. ¿Te enteras también de las cosas de ellos?

–Supongo que podría, si quisiera. Si me necesitaran. Pero es un poco fatigante, así que me concentro en ti y en mamá.

–¿Quiere decir que nos lees el pensamiento?

Charles Wallace parecía que se hallaba en un aprieto.

–No creo que sea eso. Es más bien la capacidad de entender un cierto lenguaje, como cuando, a veces, si me concentro mucho, puedo entender la conversación del viento con los árboles. Tú me cuentas las cosas, ¿cómo se dice?, inad... inadvertidamente. Linda palabra, ¿no? Esta mañana se la hice buscar a mamá en el diccionario. En realidad, tendría que aprender a leer, pero tengo miedo que el saber cosas de antemano me lo ponga todavía más difícil el año próximo en el colegio. Me parece que lo mejor será que la gente siga pensando que no soy demasiado brillante. Así me aborrecerán mucho menos.

Por delante de ellos, Fortinbrás comenzó a ladrar ruidosamente, la señal de advertencia que solía indicarles que un coche se aproximaba por la carretera, o que había alguien a la puerta.

–Alguien anda por aquí –dijo Charles Wallace bruscamente–. Hay alguien merodeando en torno a la casa. ¡Vamos! –Empezó a correr, forzando sus cortas piernas. A la orilla del bosque, Fortinbrás estaba parado delante de un muchacho, ladrando furiosamente.

Cuando llegaron, jadeantes, el muchacho dijo:

—Por amor de Dios, aplaca a tu perro.

—¿Quién es? —preguntó Charles a Meg.

—Calvin O'Keefe. Está en la Regional, pero es mayor que yo. Es un tío importante.

—Está bien, tío. No voy a hacerte daño —le dijo el muchacho a Fortinbrás.

—¡Sentado, Fort! —ordenó Charles Wallace.

Y Fortinbrás se dejó caer sobre sus ancas delante del muchacho, con un gruñido palpitando todavía en la negra garganta.

—De acuerdo. —Charles Wallace puso los brazos en jarras—. Ahora dinos qué estás haciendo aquí.

—Yo podría preguntarte lo mismo a ti —dijo el muchacho levemente indignado—. ¿No sois dos de los chicos de los Murry? No estáis en vuestra propiedad, ¿verdad? —Empezó a moverse, pero el gruñido de Fortinbrás se hizo más fuerte y se detuvo.

—Háblame de él, Meg —pidió Charles Wallace.

—¿Y qué puedo saber? —preguntó Meg—: está a un par de grados por encima de mí, y juega en el equipo de baloncesto.

—Sólo porque soy alto. —Calvin pareció un poco incómodo. Alto era, desde luego, y flaco. Las muñecas huesudas le sobresalían de las mangas del suéter azul; los gastados pantalones de pana le quedaban excesivamente cortos. Llevaba el cabello rojizo demasiado largo, y tenía en el rostro pecas que hacían juego con él. Sus ojos eran de un azul curiosamente intenso.

—Dinos qué estás haciendo aquí —dijo Charles Wallace.

—¿Qué es esto? ¿El tercer grado? ¿Tú no eres el que se supone que es un poco retardado?

Meg enrojeció de rabia, pero Charles Wallace contestó plácidamente:

—Así es. Si quieres que controle a mi perro, será mejor que contestes.

—¡Vaya retardado! —dijo Calvin—. He venido nada más que para librarme de mi familia.

Charles Wallace asintió.

—¿Qué clase de familia?

—Son todos unos mocosos. Soy el tercero de once hermanos, empezando de arriba. Soy un fuera de serie.

—Yo también —dijo Charles Wallace, con una amplia sonrisa.

—No me refiero al beisbol —dijo Calvin.

—Yo tampoco.

—Lo digo en la acepción biológica —dijo Calvin recelosamente.

—«*Cambio genético*» —citó Charles Wallace— «*que origina en la descendencia la aparición de un carácter que no está presente en los progenitores, pero que puede transmitirse por herencia*».

—¿Cómo es el asunto? —preguntó Calvin—. Me habían dicho que no sabías hablar.

—El tenerme por retardado hace que algunos se sientan más contentos consigo mismos: ¿para qué desilusionarles? —dijo Charles Wallace—. ¿Cuántos años tienes, Cal?

—Catorce.

—¿En qué grado estás?

—El penúltimo. Undécimo. No soy un negado. Oye, ¿te pidió alguien que vinieras aquí esta tarde?

Charles Wallace, sosteniendo a Fortinbrás por el collar, miró a Calvin con recelo.

—¿Qué quieres decir con «pidió»?

Calvin se encogió de hombros.

—Sigues sin confiar en mí, ¿no es cierto?

—No *des*confío de ti —dijo Charles Wallace.

—Entonces, ¿me dirás por qué estáis aquí?

—Fort y Meg y yo decidimos salir de paseo. Solemos hacerlo por las tardes.

Calvin sepultó las manos en los bolsillos.

—No me dices toda la verdad.

—Tú tampoco.

—Está bien chaval —dijo Calvin—, voy a contarte una cosa. A veces tengo presentimientos acerca de algo. Una especie de compulsión. ¿Sabes qué es una compulsión?

—«*Constricción. Obligación. Acción y efecto de compeler*». Una definición no muy buena, pero es la del Concise Oxford.*

—Vale, vale —suspiró Calvin—. Tengo que recordar que estoy prejuiciado en mi concepto sobre tu mentalidad.

Meg se sentó sobre la hierba silvestre a la orilla del bosque. Fort liberó suavemente su collar de las manos de Charles Wallace y se dirigió hacia Meg, echándose junto a ella y apoyando la cabeza en su regazo.

Calvin intentó cortésmente dirigir ahora sus palabras tanto a Meg como a Charles Wallace:

—Cada vez que tengo un presentimiento, una compulsión, trato de hacer lo que me indica. No sé explicar de dónde sale, o cómo me sobreviene, y no me ocurre muy a menudo. Pero le hago caso. Y esta tarde tuve el presentimiento de que debía venir a la casa embrujada. Eso es todo lo que sé, chaval. No estoy ocultando nada. A lo mejor es que tenía que conocerte a ti. Explícamelo tú.

Charles Wallace observó un momento a Calvin con expresión concentrada; después sus ojos se pusieron casi vidriosos, y pareció estar pensando *con* él. Calvin permanecía muy quieto, aguardando. Finalmente, Charles Wallace dijo:

---

* Edición reducida del Diccionario de Oxford. *(N. del T.)*

—De acuerdo. Te creo. Pero no puedo explicarte nada. Creo que me gusta confiar en ti. Tal vez sería bueno que vinieras a casa con nosotros y te quedaras a cenar.

—Pues sí, cómo no, pero... ¿qué le parecerá a tu madre? —preguntó Calvin.

—Estará encantada. Mamá es de confianza. No es una de nosotros. Pero es de confianza.

—¿Y Meg?

—Meg lo tiene difícil —dijo Charles Wallace—. En realidad no es ni una cosa ni otra.

—¿Qué significa «*una de nosotros*»? —preguntó Meg—. ¿Qué quiere decir que yo no soy ni una cosa ni otra?

—Ahora no, Meg —dijo Charles Wallace—. No te apresures. Después te contaré. —Miró a Calvin, y entonces pareció tomar una súbita decisión—. Bien, llevémosle a conocer a la señora Qué. Si no es de confianza, ella lo sabrá.

E inició la marcha, con sus piernas cortas, hacia la vieja y ruinosa casa.

La casa embrujada estaba a medias cubierta por la sombra del grupo de olmos que la rodeaban. Los olmos estaban ahora casi desnudos, y el terreno alrededor de la casa estaba cubierto de húmedas hojas amarillentas. La luz del atardecer tenía un matiz verdoso, que las ventanas vacías reflejaban de un modo siniestro. Se oía el baqueteo de un postigo desgonzado. Algo crujía en alguna parte. Meg no se asombró de que la casa tuviera fama de estar embrujada.

La puerta principal tenía una tabla clavada de lado a lado, pero Charles Wallace les condujo por un costado hacia la parte trasera. La puerta de atrás también parecía clausurada, pero Charles Wallace golpeó, y la puerta se abrió lentamente hacia afuera, chirriando sobre sus goznes herrumbrosos. En lo alto de uno de los olmos, un viejo cuervo negro lanzó su ronco lamento, y un pájaro carpintero empezó a perforar violentamente. Una voluminosa rata gris dobló corriendo una esquina de la casa, y Meg dejó escapar un chillido ahogado.

—Se divierten muchísimo utilizando todos los trucos escenográficos —dijo Charles Wallace en tono tranquilizador—. Vamos. Seguidme.

Calvin apretó con firmeza un hombro de Meg, y Fort se arrimó contra su pierna. Su alegría ante la preocupación de ambos fue tan intensa, que Meg sintió desaparecer su pánico y siguió a Charles sin temor al oscuro interior de la casa.

Entraron a una especie de cocina. Había una enorme chimenea, con un gran caldero negro colgando sobre un alegre fuego. ¿Cómo no se había visto el humo desde afuera? Algo burbujeaba en el caldero, y su olor era más parecido a una de las mezclas químicas de la señora Murry que a algo comestible. En una desvencijada mecedora estaba sentada una rolliza mujeruca. No era la señora Qué, de modo que debía tratarse de una de sus dos amigas, decidió Meg. Llevaba unas enormes antiparras, dos veces más gruesas y dos veces más grandes que las de Meg, y se encontraba cosiendo afanosamente, a grandes puntadas, una sábana. Varias sábanas más yacían sobre el suelo polvoriento.

Charles Wallace se dirigió hacia ella.

—Me parece que no deberíais haber cogido las sábanas de la señora Buncombe sin consultarme —dijo, en el tono iracundo y mandón que sólo un niño muy pequeño es capaz de utilizar—. ¿Para qué demonios las queréis?

La rolliza mujeruca lo miró con el rostro iluminado.

—¡Vaya, Charlsie, mi muñeco! *Le coeur a ses raisons que la raison ne connait point.* Francés. Pascal. El corazón tiene razones que la razón ignora.

—Eso no viene a cuento para nada —dijo Charles enojado.

—A tu madre se lo parecería. —Una sonrisa pareció brillar a través de la redondez de las antiparras.

—No estoy hablando de los sentimientos de mi madre acerca de mi padre —rezongó Charles Wallace—. Estoy hablando de las sábanas de la señora Buncombe.

La mujeruca suspiró. Las enormes gafas recibieron la luz otra vez y destellaron como los ojos de una lechuza.

—Por si necesitamos fantasmas, desde luego —dijo—. Creo que debías haberlo imaginado. A Qué le pareció que si teníamos que asustar a alguien, debíamos hacerlo del modo adecuado. Es por eso que es tan divertido habitar una casa embrujada. Pero la verdad es que no teníamos intención de que te enteraras de lo de las sábanas. *Auf frischer Tat ertappt.* Alemán. *In flagrante delicto.* Latín. *Caught in the act.* Inglés.* Como estaba diciendo...

Pero Charles Wallace alzó una mano en un gesto perentorio.

—Señora Quién, ¿conoce a este chico?

Calvin hizo una inclinación de cabeza.

—Buenas tardes, señora. Creo que no he oído bien su nombre.

—Llámame señora Quién —dijo la mujer—. El chico no fue idea mía, Charlsie, pero me parece que está bien.

—¿Dónde está la señora Qué? —preguntó Charles.

—Está ocupada. Se acerca la hora, Charlsie, se acerca la hora. *Ab honesto virum bonum nihil deterret.* Séneca. *Nada disuade a un hombre de bien de hacer aquello que es honorable.* Y él es un hombre excelente, Charlsie querido, pero en este momento necesita nuestra ayuda.

—¿Quién? —inquirió Meg.

---

* «Con las manos en la masa». *(N. del T.)*

—¡La pequeña Megsie! Un placer conocerte, amor. Tu padre, por supuesto. Ahora iros a casa, mis queridos. Las cosas no están maduras todavía. No os preocupéis, no iremos sin vosotros. Alimentaos y descansad bastante. Que Calvin engorde. Y ahora, ¡andando! *Justitiae soror fides.* Latín, otra vez, desde luego. *La fe es hermana de la justicia.* ¡Confiad en nosotras! ¡Marchad! —Y demostrando una sorprendente energía, se levantó de la mecedora y les empujó afuera.

—Charles —dijo Meg—, no entiendo.

Charles la tomó de la mano y la arrastró fuera de la casa. Fortinbrás corría delante de ellos, y Calvin les seguía de cerca.

—No —dijo—, tampoco yo, todavía. No del todo. Te contaré lo que sé tan pronto como pueda. Pero has visto a Fort, ¿verdad?: ni un gruñido, ni un estremecimiento. Como si no hubiera nada extraño en el asunto. De modo que puedes estar segura de que todo está bien. Ahora hacedme un favor, vosotros dos: no hablemos de esto hasta que hayamos comido algo. Necesito combustible para poder ordenar las cosas y asimilarlas como corresponde.

—Adelante, retardado —gritó Calvin alegremente—. ¡Nunca he visto tu casa todavía, y tengo la curiosísima sensación de que por primera vez en la vida estoy yendo a casa!

3. La señora Cuál

La noche comenzaba a caer en el bosque mientras ellos marchaban en silencio. Charles y Fortinbrás iban jugueteando delante. Calvin caminaba junto a Meg, tocándole apenas el brazo con los dedos, en un gesto protector.

«Esta ha sido la tarde más increíble y desconcertante de mi vida», pensó Meg, «y sin embargo ya no me siento confusa o inquieta; sólo me siento feliz. ¿Por qué?»

—Tal vez no estaba dispuesto que nos conociésemos antes de esto —dijo Calvin—. Digo, en el colegio sabía quién eras y todo eso, pero no te conocía. Pero me alegra que nos hayamos conocido ahora, Meg. Vamos a ser buenos amigos, ¿sabes?

—Yo también me alegro —susurró Meg, y volvieron a quedar en silencio.

Cuando llegaron a la casa, la señora Murry se encontraba todavía en el laboratorio. Observaba atentamente el lento pasaje de un fluido de color azul pálido desde una vasija a una retorta, a través de un tubo de vidrio. Encima de un mechero Bunsen borboteaba un guiso en una gran cazuela de barro.

—No le contéis a Sandy y a Dennys que estoy cocinando aquí —dijo—. Ellos siempre recelan que algún producto químico pueda mezclarse con la carne, pero yo tenía un experimento que no podía abandonar.

—Este es Calvin O'Keefe, mamá —dijo Meg—. ¿Alcanzará para él también? Huele super.

—Hola, Calvin. —La señora Murry le dio la mano—. Encantada de conocerte. No tenemos más que guiso esta noche, pero está bueno y consistente.

—Me suena fantástico —dijo Calvin—. ¿Puedo usar el teléfono para avisar a mi madre dónde estoy?

—Desde luego. Muéstrale dónde está, ¿quieres, Meg? Prefiero que no utilices el de aquí, si no te importa. Quisiera concluir con este experimento.

Meg se encaminó al interior de la casa. Charles Wallace y Fortinbrás habían salido. De afuera llegaba el martilleo de Sandy y Dennys en el fuerte que estaban construyendo encima de uno de los arces.

—Por aquí. —Meg atravesó la cocina y entró en el salón.

—No sé por qué la llamo cuando no voy a casa —dijo Calvin con amargura—. Ni cuenta se daría.

Suspiró y marcó la llamada.

—¿Ma? —dijo—. Ah, Hinky. Dile a ma que no llegaré hasta tarde. Y no te olvides. No quiero quedarme fuera otra vez. —Colgó, y miró a Meg—. ¿Tú sabes lo afortunada que eres?

Ella sonrió, más bien dudosa.

—La mayor parte del tiempo, no.

—Con una madre como ésa! ¡Con una casa como ésta! ¡Tu madre es divina! Deberías ver a la mía. Le arrancaron todos los dientes de arriba, y mi pa le compró una dentadura postiza, pero ella no la usa, y casi todo el tiempo ni siquiera se peina. Y no es que cambie mucho por eso. —Apretó los puños—. Pero yo la quiero. Esa es la parte más curiosa del asunto. Les quiero a todos, y a ellos no les importo nada. Supongo que es por eso que llamo cuando no voy a estar en casa. Porque me preocupo. Nadie más se preocupa. No sabes qué suerte tienes de que te quieran.

Meg dijo, sobresaltada:

—Creo que nunca he pensado en ello. Creo que simplemente lo he dado por supuesto.

Calvin tenía una expresión sombría; de pronto, su extraordinaria sonrisa volvió a iluminarle el rostro.

—¡Van a ocurrir cosas, Meg! ¡Cosas buenas! ¡Lo presiento!

Todavía con cautela, empezó a moverse alrededor del agradable aunque algo desordenado salón. Se detuvo delante del piano, observando la fotografía de un pequeño grupo de hombres en una playa.

—¿Quiénes son?

—Oh, un montón de científicos.

—¿Dónde?

Meg se acercó a la fotografía.

—En Cabo Cañaveral. Este es papá.

—¿Cuál?

—Este.

—¿El de gafas?

—Ajá. El que necesita un corte de pelo. —Meg soltó una risita, olvidando sus preocupaciones con el placer que le producía enseñarle la fotografía a Calvin—. Tiene un color de cabello parecido al mío, y siempre olvida hacérselo cortar. Generalmente mamá termina cortándoselo ella misma y se compró una maquinilla y demás, porque él no encuentra tiempo para ir a la peluquería.

Calvin estudió la fotografía.

—Me gusta —anunció en tono circunspecto—. Se parece un poco a Charles Wallace, ¿verdad?

Meg se rió otra vez.

—Cuando Charles era un bebé, era *idéntico* a papá. Era algo realmente curioso.

Calvin continuó mirando la fotografía.

–No es que tenga buena pinta ni nada. Pero me gusta.

–¡Pero si es guapísimo! –exclamó Meg, indignada.

–¡Qué va! –dijo Calvin, sacudiendo la cabeza–. Es alto y flaco como yo.

–¿Y qué? Yo pienso que tú eres guapo –dijo Meg–. Papá tiene los ojos parecidos a los tuyos, también. Así, azules de veras. Sólo que a él no se le notan tanto debido a las gafas.

–¿Dónde está actualmente?

Meg se puso rígida. Pero no tuvo que responder a la pregunta, porque la puerta del laboratorio se cerró de un portazo y la señora Murry entró en la cocina, portando la cazuela de barro.

–Ahora voy a dar a esto el último toque en la hornilla –dijo en voz alta–. ¿Has hecho los deberes, Meg?

–No del todo –dijo Meg, volviendo a la cocina.

–Entonces, seguro que a Calvin no le importa que los termines antes de la cena.

–¡Pues claro: adelante! –Calvin rebuscó en el bolsillo y extrajo un taco de papeles doblados–. A decir verdad, yo también tengo que terminar unas cositas. Matemáticas. Es en lo que más me cuesta estar al día. No tengo problemas con todo lo que tiene que ver con palabras, pero los números no se me dan tan bien.

La señora Murry sonrió.

–¿Por qué no le pides a Meg que te ayude?

–Bueno, lo que pasa es que yo estoy más adelantado que ella.

–Pídeselo, de todos modos –sugirió la señora Murry.

–Pues sí, cómo no –dijo Calvin–. Mira. Aunque es bastante complicado.

Meg alisó el papel y lo estudió.

—¿Tiene importancia el *procedimiento*? —preguntó—. Quiero decir, ¿puedes resolverlo a tu aire?

—Bueno, sí, siempre que lo entienda y obtenga los resultados correctos.

—Pues *nosotros* tenemos que hacerlo de acuerdo al método de *ellos*. Ahora Calvin, observa: ¿ves cuánto más fácil te resultaría si lo hicieras de *esta* manera? —Su lápiz volaba sobre el papel.

—¡Oye! —dijo Calvin— ¡Oye! Me parece que ya lo veo. Hazlo otra vez en otra hoja.

El lápiz de Meg volvió a entrar en acción.

—Todo lo que tienes que recordar es que toda fracción ordinaria puede transformarse en una expresión decimal periódica infinita. ¿Ves? Así, 3/7 es 0,428571...

—Sois una familia asombrosa. —Calvin le dirigió una sonrisa—. Supongo que ya debería haber dejado de asombrarme, pero a ti te tienen por torpe en el colegio, siempre recibiendo reprimendas.

—Y lo soy.

—El problema con Meg y las matemáticas —dijo con animación la señora Murry—, es que Meg y su padre solían jugar con los números y Meg aprendió demasiados métodos para abreviar los cálculos. Por eso, cuando le piden que resuelva los problemas por el camino más largo, se enfada y se pone testaruda, y se cierra mentalmente en banda.

—¿Hay por ahí algún otro retardado como Meg y Charles? —preguntó Calvin—. Si es así, deberían presentármelo.

—Sería una ayuda que la escritura de Meg fuese legible —dijo la señora Murry—. Yo en general consigo descifrarla, con bastante trabajo, pero dudo mucho que sus profesores puedan, o estén dispuestos a gastar su tiempo en ello. He pensado en regalarle una máquina de escribir para Navidad. Puede que sea una ayuda.

—Si hago alguna cosa bien, nadie va a creer que la he hecho yo —dijo Meg.

—¿Qué es un megaparsec? —preguntó Calvin.

—Uno de los sobrenombres que me da papá —dijo Meg—. También significa 3,26 millones de años luz.

—¿Qué es $E = mc^2$?

—La ecuación de Einstein.

—¿Qué significa la E?

—Energía.

—¿La m?

—Masa.

—¿Y c^2?

—El cuadrado de la velocidad de la luz, en centímetros por segundo.

—¿Qué países limitan con Perú?

—No tengo la menor idea. Creo que está en alguna parte de América del Sur.

—¿Cuál es la capital de Nueva York?

—¡Pues la ciudad de Nueva York, por supuesto!

—¿Quién escribió la *Biografía de Johnson,* de Boswell?

—Oh, Calvin, no soy buena en inglés.

Calvin lanzó un gemido y se volvió hacia la señora Murry.

—Ya me doy cuenta. No me gustaría tener que enseñarle a ella.

—Es un poco unilateral, está claro —dijo la señora Murry—, aunque la culpa la tenemos su padre y yo. No obstante, todavía disfruta jugando con su casa de muñecas.

—*¡Mamá!* —chilló atribulada Meg.

—Oh, querida, lo siento. —Dijo rápidamente la señora Murry—. Pero estoy segura de que Calvin comprende lo que quiero decir.

Con un súbito gesto de entusiasmo, Calvin extendió ambos brazos a ambos lados, como si estuviera abrazando a Meg y a su madre, a la casa entera.

—¿Cómo ha ocurrido todo esto? ¿No es maravilloso? Me siento como si acabara de nacer. ¡Ya no estoy solo! ¿Os dais cuenta de lo que eso significa para mí?

—Pero tú eres bueno en el baloncesto y en otras cosas —protestó Meg—. Eres bueno en el colegio. A todo el mundo le caes bien.

—Debido a las más insignificantes razones —dijo Calvin—. No ha habido nadie, nadie en el mundo con quien pudiera hablar. Claro que puedo funcionar al mismo nivel que cualquiera, que puedo reprimirme, pero no soy yo.

Meg cogió varios tenedores del aparador y los dio vuelta una y otra vez, contemplándolos.

—Vuelvo a sentirme desconcertada.

—Oh, también yo —dijo Calvin alegremente—, pero ahora, por lo menos, sé que estamos yendo hacia alguna parte.

Meg se sintió contenta y un poco sorprendida por la excitación de los mellizos ante la presencia de Calvin en la cena. Ellos conocían mejor sus antecedentes deportivos, que les impresionaban mucho más que a ella. Calvin tomó cinco platos soperos de guiso, tres platillos de postre de gelatina y una docena de pastelillos, y después Charles Wallace, insistió en que le llevara a la cama y le leyese. Los mellizos, que habían concluido sus deberes, fueron autorizados a ver televisión durante media hora. Meg ayudó a su madre con los platos, y luego se sentó a la mesa a luchar con sus deberes. Pero no podía concentrarse.

—Mamá, ¿estás intranquila? —preguntó de repente. La señora Murry levantó la vista por encima del ejemplar de la revista científica inglesa que estaba hojeando. Por un momento, no habló.

—Sí —dijo después.

—¿Por qué?

De nuevo la señora Murry hizo una pausa. Extendió las manos y se puso a observarlas. Eran manos alargadas, fuertes y hermosas. Con los dedos de la derecha tocó el grueso anillo de oro que llevaba en el anular de la mano izquierda.

—Todavía soy bastante joven, ¿sabes? —dijo por fin—, aunque me doy cuenta que eso es bastante difícil de comprender para vosotros, los niños. Y todavía sigo muy enamorada de tu padre. Le echo horriblemente de menos.

—Y piensas que todo esto tiene algo que ver con papá.

—Creo que debe tenerlo.

—¿Pero qué?

—Eso no lo sé. Pero parece la única explicación.

—¿Crees que las cosas siempre tienen explicación?

—Sí. Lo creo. Aunque creo que, con nuestras limitaciones humanas, no siempre somos capaces de entender las explicaciones. Pero ¿sabes Meg?, el que no las entendamos no significa que las explicaciones no existan.

—A mí me gusta entender las cosas —dijo Meg.

—A todos nos gusta. Pero no siempre es posible.

—Charles Wallace entiende más que el resto de nosotros, ¿no es así?

—Sí.

—¿Por qué?

—Supongo que porque él es..., porque es diferente, Meg.

—¿Diferente cómo?

—No estoy del todo segura. Tú misma sabes que no es como cualquier otro.

—No. Y no querría que lo fuese —dijo Meg, a la defensiva.

—Lo que querrías no tiene nada que ver. Charles Wallace es lo que es. Diferente. Nuevo.

—¿Nuevo?

—Sí. Eso es lo que sentimos tu padre y yo.

Meg retorció su lápiz con tanta fuerza que lo quebró. Se rió.

—Lo siento. No es que esté destructiva. Sólo intento poner las cosas en claro.

—Lo sé.

—Pero Charles Wallace, *exteriormente*, no es distinto de los demás.

—Es cierto, Meg, pero las personas son algo más que su apariencia física. La diferencia en Charles Wallace no es física. Está en lo esencial.

Meg suspiró pesadamente, se quitó las gafas y las hizo girar antes de colocárselas de nuevo.

—Bien, sé que Charles Wallace es diferente, y sé que es *algo más*. Me imagino que tendré que aceptarlo sin entenderlo.

La señora Murry le sonrió.

—Puede que sea a eso a lo que quería llegar.

—Sí... —dijo Meg, dubitativa. Su madre sonrió nuevamente.

—Tal vez por eso nuestra visitante de anoche no me sorprendió.

—Tal vez sea por eso que estoy en condiciones de experimentar una..., ¿cómo llamarla?, una deliberada suspensión de la incredulidad. Debido a Charles Wallace.

—¿*Tú* eres como Charles? —preguntó Meg.

—¿Yo? ¡Cielos, no! Gozo de la bendición de tener más cerebro y oportunidades que muchas personas, pero en mí no hay nada que rompa los moldes corrientes.

—Tu belleza sí —dijo Meg.

La señora Murry se rió.

—No has tenido suficientes elementos de comparación, Meg. Soy muy corriente, en realidad.

Calvin O'Keefe, que entraba en ese momento, exclamó:

–¡Ja, ja!

–¿Se ha dormido Charles? –preguntó la señora Murry.

–Sí.

–¿Qué le has leído?

–El Génesis. Elección suya. Por cierto, ¿en qué clase de experimento estaba trabajando esta tarde, señora Murry?

–Oh, algo que mi marido y yo estábamos tramando juntos. No quiero estar *demasiado* por detrás de él cuando regrese.

–Mamá –prosiguió Meg con su tema–, Charles dice que yo no soy ni una cosa ni otra, ni chicha ni limonada.

–¡Pero, qué dices! –dijo Calvin–, tú eres *Meg*, ¿no es así? Ven, vamos a dar un paseo.

Pero Meg no estaba satisfecha aún.

–¿Y qué sacas en limpio con respecto a Calvin?

–No quiero sacar nada en limpio acerca de Calvin. Me gusta mucho, y me encanta que aquí se haya reencontrado a sí mismo.

–Mamá, ibas a hablarme acerca de un teselacto.

–Sí –una mirada de preocupación apareció en los ojos de la señora Murry–; pero no ahora, Meg. No ahora. Ve a dar ese paseo con Calvin. Yo subiré a darle un beso a Charles, y luego tengo que ocuparme de que los mellizos se vayan a la cama.

Afuera, el césped estaba cubierto de rocío. La luna estaba a media altura y empañaba el brillo de las estrellas en un gran espacio curvo a su alrededor. Calvin extendió un brazo y cogió la mano de Meg, en un gesto tan sencillo y amistoso como el de Charles Wallace.

—¿Estabas inquietando a tu madre? —preguntó suavemente.

—No creo que *yo* la inquietase. Pero está inquieta.

—¿Por qué motivo?

—Por papá.

Calvin condujo a Meg a través del prado. Las sombras de los árboles eran largas y retorcidas y había en el aire un aroma pesado, dulce, otoñal. Meg trastabilló cuando el terreno se hizo de pronto cuesta arriba, pero la fuerte mano de Calvin la mantuvo en equilibrio. Atravesaron con cuidado el huerto de los mellizos, abriéndose paso entre hileras de repollos, remolachas, coles y pepinos. A la izquierda se alzaban los tallos de trigo. Delante de ellos había un pequeño huerto de manzanos, cercado por un muro de piedra, y más allá de éste estaba el bosque a través del cual habían marchado aquella tarde. Calvin avanzó en dirección al muro y allí se sentó, con el cabello rojizo brillante como plata a la luz de la luna, y el cuerpo cubierto por el dibujo de la sombra de las ramas entrelazadas. Estiró un brazo, arrancó una manzana de una rama retorcida, se la alcanzó a Meg, y luego arrancó una para él.

—Háblame de tu padre.

—Es físico.

—Claro, eso lo sabemos todos. Y se supone que ha abandonado a tu madre para irse con alguna fulana.

Meg dio un brinco sobre la piedra sobre la que se había encaramado, pero Calvin la asió de la muñeca y la hizo sentar.

—Quieta, chavala. No he dicho nada que no hubieras oído antes, ¿verdad?

—No —dijo Meg, pero siguió tironeando—. Suéltame.

—Venga, cálmate. *Tú* sabes que no es cierto, *yo* sé que no es cierto. Y el hecho de que *alguien* que haya mirado una vez a tu madre pueda creer que un hombre la dejaría por otra mujer, no hace más que demostrar hasta dónde es capaz de llegar la gente por celos. ¿De acuerdo?

—Supongo que sí —dijo Meg, pero su contento había volado, y estaba otra vez hundida en una ciénaga de rabia y resentimiento.

—Mira, tontuela —Calvin la sacudió suavemente—. Yo sólo quiero poner las cosas en claro, separar los hechos de la ficción. Tu padre es un físico. Ese es un hecho, ¿sí?

—Sí.

—Tiene varios doctorados.

—Sí.

—Casi siempre trabaja solo, pero durante una época estuvo en el Instituto de Estudios Avanzados de Princeton. ¿Correcto?

—Sí.

—En esa época hizo algún trabajo para el Gobierno, ¿no es así?

—Sí.

—De ahí en adelante sigue tú. Lo otro es todo lo que yo sé.

—También es casi todo lo que sé yo —dijo Meg—. Quizás mamá sepa más. No lo sé. Lo que él hizo era..., bueno: era lo que llaman Confidencial.

—¿Quieres decir Top Secret? *

—Así es.

—¿Y tú no tienes la menor idea de qué se trataba?

Meg negó con la cabeza.

—No. De hecho, no. Sólo una noción, debido a dónde estuvo.

—Bien, ¿dónde?

—En las afueras de Nuevo México por algún tiempo; estuvimos allí con él; y después estuvo en

---

* Top Secret, calificación atribuida por los Gobiernos a los asuntos que constituyen un máximo secreto. *(N. del T.)*

Cabo Cañaveral*, y también estuvimos con él allí. Y después iba a tener que viajar mucho, por eso nos vinimos aquí.

—¿Siempre habías tenido esta casa?

—Sí. Pero solíamos venir sólo en verano.

—¿Y no sabes adónde enviaron a tu padre?

—No. Al principio recibimos muchas cartas. Mamá y papá siempre se escribían todos los días. Creo que mamá todavía le escribe todas las noches. De vez en cuando la encargada de Correos hace algún chiste a propósito de sus numerosas cartas.

—Imagino que piensan que ella le persigue, o algo así —dijo Calvin con amargura—. Son incapaces de reconocer el amor común y corriente cuando lo tienen delante. Bueno, sigamos. ¿Qué pasó después?

—No pasó nada —dijo Meg—. Ese es el problema.

—¿Y qué hubo de las cartas de tu padre?

—Simplemente dejaron de llegar.

—¿No habéis sabido nada de nada?

—No —dijo Meg—. Nada. —Su voz estaba cargada de pena.

El silencio cayó sobre ellos, tan tangible como las oscuras sombras de los árboles que caían sobre sus regazos, y que ahora parecían apoyarse sobre ellos como si poseyeran un peso propio y mensurable.

Finalmente, Calvin habló, en un tono seco y neutro, sin mirar a Meg.

—¿Crees que podría haber muerto?

Otra vez Meg volvió a pegar un salto, y de nuevo Calvin la sujetó.

—¡No! Si hubiera muerto nos lo hubieran comunicado. Siempre hay un telegrama o algo. ¡Siempre te lo informan!

---

* Actualmente, Cabo Kennedy. *(N. del T.)*

—¿Y qué es lo que informan ahora?

Meg se tragó un sollozo, y consiguió hablar.

—Oh, Calvin, mamá ha intentado una y otra vez averiguar. Ha estado en Washington y todo. Y todo lo que le informan es que él está cumpliendo una misión secreta y peligrosa, y le dicen que puede estar muy orgullosa de él, pero que él no podrá..., comunicarse con nosotros durante algún tiempo. Y que nos darán noticias tan pronto como las tengan.

—Meg, no te enfades, pero ¿no crees que tal vez *ellos* tampoco saben nada?

Una lágrima descendió lentamente por la mejilla de Meg.

—Eso es lo que me da miedo.

—¿Por qué no lloras? —preguntó Calvin con dulzura—. Tú estás loca por tu padre, ¿verdad? Llora, ¡anda! Te hará bien.

La voz de Meg salió temblorosa por sorber las lágrimas.

—Pero si es que me lo paso llorando. Debería ser como mamá. Entonces sería capaz de controlarme.

—Tu madre es una persona completamente diferente, y es mucho mayor que tú.

—Quisiera ser una persona diferente —dijo Meg, trémula—. Odio ser como soy.

Calvin extendió una mano y le quitó las gafas. Luego extrajo un pañuelo del bolsillo y le enjugó las lágrimas. Este gesto de ternura acabó de desarmarla, y poniendo la cabeza sobre las rodillas empezó a sollozar. Calvin permaneció en silencio sentado a su lado, dándole de vez en cuando unas palmaditas en la cabeza.

—Lo siento —dijo por fin Meg, en un sollozo—. Lo siento muchísimo. Ahora me vas a aborrecer.

—Oh, Meg, *eres* tonta —dijo Calvin—. ¿No

sabes que eres lo más hermoso que me ha ocurrido en mucho tiempo?

Meg alzó la cabeza, y la luz de la luna se reflejó en su rostro bañado en lágrimas; sin las gafas, sus ojos eran inesperadamente hermosos.

—Tal vez Charles Wallace sea algo nuevo y diferente; pero creo que yo soy un error biológico. —La luz lunar producía destellos en los correctores de los dientes mientras ella hablaba.

Ahora esperaba que él la contradijera. Pero Calvin dijo:

—¿Sabes que ésta es la primera vez que te veo sin tus gafas?

—Soy ciega como un topo, sin ellas. Soy miope, como mi padre.

—Pues ¿sabes una cosa?: tienes ojos soñadores —dijo Calvin—. Oye, tienes que seguir usando gafas. No quiero que nadie más vea esos preciosos ojos que tienes.

Meg sonrió de placer. Sintió que se ruborizaba, y se preguntó si el rubor se vería a la luz de la luna.

—Bueno, basta de palique, vosotros dos —dijo una voz desde las sombras. Charles Wallace apareció entre ellos.

—No os estaba espiando —dijo rápidamente—, y lamento interrumpir, pero ya está, chicos, ¡ya está! —Su voz temblaba de excitación.

—¿Ya está qué? —preguntó Calvin.

—Nos vamos.

—¿Nos vamos? ¿Adónde? —Instintivamente, Meg extendió un brazo y cogió de la mano a Calvin.

—No lo sé exactamente —dijo Charles Wallace—. Pero creo que a buscar a papá.

Repentinamente, dos ojos parecieron brotar de la oscuridad y quedar mirándoles; era la luz lunar reflejándose en las gafas de la señora Quién, que se encontraba de pie al lado de Charles Wallace. Meg no tenía idea sobre cómo se las había compuesto para aparecer donde un momento antes no había habido otra cosa que sombras salpicadas de reflejos lunares. Oyó un ruido detrás suyo, y se volvió. Allí estaba la señora Qué, moviéndose torpemente por encima del muro.

–¡Cáspita!, ojalá no hubiera viento –dijo la señora Qué en tono quejumbroso–. ¡Se hace *tan* difícil, con todas estas ropas! –Llevaba la misma indumentaria de la noche anterior, incluidas las botas de goma, con el agregado de una de las sábanas de la señora Buncombe, que se había echado por encima. Al deslizarse fuera del muro, la sábana se enganchó en una rama baja y se le salió. El sombrero de fieltro se le deslizó encima de los ojos, y otra rama le arrancó la estola rosada.

–¡Oh, válgame Dios! –suspiró–. Nunca aprenderé a arreglármelas.

La señora Quién se aproximó a ella como si volara, con los diminutos pies tocando apenas el suelo, y los cristales de sus gafas despidiendo destellos.

–*Come t'è picciol fallo amaro morso!* Dante. *¡Qué atroz aflicción una pequeña falta te provoca!* –Con una mano semejante a una garra, empujó hacia arriba el sombrero caído sobre la frente de la señora Qué, desembarazó la estola del árbol, y con un preciso ademán recogió la sábana que luego plegó.

–Oh, *gracias* –dijo la señora Qué–. ¡Eres *tan* lista!

–*Un asno viejo sabe más que un potro**. A. Pérez.

–Sólo porque llevas unos miserables billones de años... –empezó a decir la señora Qué

* En español en el original. *(N. del T.)*

indignada, cuando fue interrumpida por una extraña voz cortante:

–¡Essttá bbienn, chiccass! Nno es hora dde disscuttirr.

–Es la señora Cuál –dijo Charles Wallace.

Hubo una leve ráfaga de viento, las hojas se sacudieron, las sombras dibujadas por la luna se desplazaron, y en un círculo plateado apareció algo que reverberaba, palpitante; y la voz dijo:

–Creo qque nno vvoy a mmatterializzarme ddel ttodo. Mme ccanssa mmucho, y ttenemmoss mmucho qque hacer.

4. La Cosa Negra

Los árboles restallaron con repentino frenesí. Meg lanzó un grito y se aferró a Calvin, y la voz autoritaria de la señora Cuál reclamó:

—¡Ssilenccio, nniñña!

¿Fue una sombra que se atravesó delante de la luna, o simplemente la luna se apagó, tan abrupta y completamente como una vela? Se percibía aún el ruido de las hojas, un murmullo aterrado y estremecedor. Había desaparecido toda luz. La tiniebla era absoluta. Repentinamente, el viento se extinguió, al igual que todos los sonidos. Meg sintió que Calvin era arrebatado de su lado. Al extender la mano, sus dedos no encontraron nada.

—¡Charles! —gritó, sin saber si era para ayudarle o pidiéndole socorro. La palabra rebotó y le obstruyó la garganta.

Estaba completamente sola.

Había perdido la protección de la mano de Calvin. Charles no estaba en ninguna parte, ni para salvarle ni para pedirle socorro. Ni una luz, ni un sonido, ninguna percepción. ¿Dónde estaba su cuerpo? En su pánico, intentó moverse, pero no había nada que mover. Así como la luz y el sonido se habían extinguido, también ella había cesado de estar. La Meg corpórea, sencillamente, no existía.

Entonces volvió a sentir sus miembros. Los brazos y las piernas le hormigueaban, como si los hubiera tenido dormidos. Parpadeó rápidamente, pero si bien su ser había regresado, todo lo demás faltaba. No se trataba de algo tan simple como la oscuridad o la ausencia de luz. La oscuridad posee una cualidad tangible; puedes percibirla y moverte a través de ella; en la oscuridad puedes rasparte la piel; el mundo de las cosas sigue existiendo a tu alrededor. Pero ella estaba perdida en un horrible vacío.

Lo mismo en cuanto al silencio. Aquello era más que silencio. Una persona sorda percibe vibraciones. Allí no había nada que sentir.

De pronto se dio cuenta de que el corazón le latía velozmente en la jaula de sus costillas. ¿Lo había tenido parado hasta entonces? ¿Qué era lo que lo había hecho latir nuevamente? El hormigueo en los brazos y las piernas se hizo más intenso, y de pronto, experimentó una sensación de movimiento. Aquel movimiento, sintió, debía ser la rotación de la tierra, girando sobre su eje, recorriendo su trayectoria elíptica alrededor del sol. Y aquella sensación de moverse con la tierra era algo así como la sensación de estar en el océano, mar afuera, más allá del subir y bajar de las rompientes, tendida sobre el agua en movimiento, oscilando suavemente con la marejada, y sintiendo la tenue, inexorable atracción de la luna.

«Estoy dormida», pensó; «estoy soñando. Tengo una pesadilla. Quiero despertarme. Dejadme despertar».

—¡Caramba! —llegó la voz de Charles Wallace—. ¡Menudo viaje! La verdad es que podíais habernos advertido.

La luz fue surgiendo como una pulsación temblorosa. Meg parpadeó y se acomodó nerviosamente las gafas: allí estaba Charles Wallace, de pie, indignado, con los brazos en jarras.

—¡Meg! —gritó—. ¡Calvin! ¿Dónde estáis?

Veía a Charles, le oía, pero no podía ir hacia él. No le era posible desplazarse a través de aquella curiosa e incierta claridad para reunirse con él.

La voz de Calvin llegó como si se abriera paso a través de una nube.

—Bueno, dame tiempo, ¿quieres? Soy más grande que tú.

Meg dio un respingo. No fue que Calvin no hubiera estado allí y que de repente estuviera. No fue que primero apareciera parte de él, y que luego apareciera el resto: primero una mano y luego el brazo, la nariz primero y después los ojos. Fue una especie de vislumbre, un ver a Calvin como a través de agua, de humo, de fuego, y a continuación tenerle allí, sólido y tranquilizador.

—¡Meg! —llegó la voz de Charles Wallace—. ¡Meg! ¡Calvin!: ¿dónde está Meg?

—Aquí estoy —intentó decir ella, pero la voz le quedó prendida a la garganta.

—¡Meg! —gritó Calvin, girando y mirando a su alrededor con desesperación.

—Señora Cuál, no habrá dejado a Meg atrás, ¿verdad? —gritó Charles Wallace.

—Si le habéis hecho daño a Meg... —empezó a decir Calvin, pero de pronto Meg sintió un violento empujón y un estrépito como si la hubieran arrojado a través de un muro de vidrio.

—¡Oh, aquí estás! —dijo Charles Wallace, corriendo hacia ella y abrazándola.

—¿Pero *dónde* estoy? —preguntó Meg sofocada, aunque aliviada al oír que la voz le salía más o menos normalmente.

Miró a su alrededor con bastante sobresalto. Se encontraban de pie en un campo iluminado por el sol, y el aire en torno de ellos circulaba con la deliciosa fragancia que sólo se percibe en contados días de primavera, cuando la caricia del sol es suave y las flores de azahar empiezan a brotar. Se ajustó las gafas a la nariz para asegurarse de que lo que estaba viendo era real.

Había dejado el plateado resplandor de una frígida noche otoñal; y ahora, todo a su alrededor aparecía iluminado por una luz dorada. La hierba que cubría el campo era de un tierno verde nuevo, y estaba salpicada de diminutas flores multicolores. Meg se volvió lentamente para contemplar una montaña que se elevaba de tal modo hacia el cielo, que su cima se perdía en una corona de hinchadas nubes blancas. Desde los árboles en la base de la montaña llegó un repentino canto de pájaros. Había en torno suyo un aire tal de inefable paz y alegría, que el alocado latir de su corazón se hizo más pausado.

¿Cuándo nos reuniremos nuevamente las tres,
*con truenos, relámpagos o lluvia?**

Se oyó la voz de la señora Quién. Y de pronto aparecieron las tres, la señora Qué con su estola rosada mal puesta; la señora Quién, con sus refulgentes antiparras; y la señora Cuál, que todavía era apenas un atisbo. Alrededor de las tres evolucionaban, como saludándolas, mariposas de todos los colores.

La señora Qué y la señora Quién empezaron a reírse, y se rieron hasta dar la impresión de que, cualquiera que fuese el motivo de su diversión, iban a partirse de risa por su causa. La figura sin definir aún también reía, al parecer. Se fue haciendo más densa y más concreta; y entonces apareció un personaje con una túnica negra y un negro sombrero cónico, con ojos como cuentas, nariz puntiaguda y largos cabellos grises; en una garra huesuda sostenía una escoba.

---

* «Macbeth», acto I. *(N. del T.)*

—Bbienn, ssólo ppara mannttenerοss connttennttas, chiccass —dijo la extraña voz, y la señora Qué y la señora Quién se abrazaron entre torrentes de risa.

—Si las señoras se han divertido bastante, creo que deberían contarles a Calvin y a Meg algo más acerca de este asunto —dijo Charles Wallace con frialdad—. Habéis dado a Meg un susto de muerte, arrebatándola de esa manera sin aviso.

—*Finxerunt animi, raro et perpauca loquentis* —entonó la señora Quién—. Horacio. *Quien poco se inclina a actuar, menos a hablar.*

—Señora Quién: ¡quisiera que cesara usted de hacer citas! —Charles Wallace parecía muy enojado.

La señora Qué se acomodó la estola.

—Es que le resulta tan difícil verbalizar, Charles querido. Para ella es mucho más sencillo utilizar una cita, que armar sus propias frases.

—Y nno ddebbemoss pperdder el sennttiddo ddel hummor —dijo la señora Cuál—. La única mmannera dde haceer ffrentte a unn prrobblema rrealmmentte gravve ess inttenttar ttratarrlo conn ciertta ligerezza.

—Pero eso va a ser difícil para Meg —dijo la señora Qué—. Le va a ser difícil darse cuenta de que actuamos seriamente.

—¿Y qué hay de mí? —preguntó Calvin.

—No está en juego la vida de tu padre —le dijo la señora Qué.

—¿Y Charles Wallace?

La voz chirriante de la señora Qué sonó cálida de afecto y orgullo:

—Charles Wallace sabe. Charles Wallace sabe que se trata de mucho más que de la vida de su padre. Charles Wallace sabe lo que está en juego.

—Pero recuerda —dijo la señora Quién—, *Αεηπου ούδὲν, πὰυτα δ'εηπίζειν χρεωτ.* Eurípides. *Nada es desesperado; debemos esperarlo todo.*

–¿Dónde estamos, y cómo llegamos aquí? –preguntó Calvin.

–En Uriel, el tercer planeta de la estrella Malak, en la nebulosa espiral Messier 101.

–¿Esperan que me crea eso? –preguntó Calvin indignado.

–Commo qquieerass –dijo fríamente la señora Cuál.

Por alguna razón, Meg sintió que la Sra. Cuál, a pesar de su apariencia y de su efímera escoba, era alguien en quien uno podía depositar absoluta confianza.

–No me parece nada más extraordinario que todo lo demás que nos ha ocurrido.

–Pues, entonces, ¡que alguien me diga sólo cómo llegamos aquí! Aun viajando a la velocidad de la luz nos tomaría años y años llegar. La voz de Calvin seguía sonando enojada, y las pecas parecían sobresalirle en el rostro.

–Oh, nosotras no viajamos a la velocidad de nada –explicó la señora Qué con ahínco–. Nosotras *teselamos*. Podrías decir que *arrugamos* el tiempo.

«Teselamos», pensó Meg. «¿Tendrá eso algo que ver con el teselacto de mamá?»

Estaba a punto de preguntarlo, cuando la señora Cuál comenzó a hablar y uno no interrumpía mientras hablaba la señora Cuál.

–La sseññora Qué ess jjovvenn e inggennua.

–Sigue pensando que puede explicar las cosas con *palabras* –dijo la señora Quién–. *Qui plus sait, plus se tait.* Francés, ya sabéis. Cuanto más sabe el hombre, menos habla.

–Pero con Meg y Calvin tiene que usar palabras –le recordó Charles–. Si les trajisteis con vosotras, tienen derecho a saber lo que está pasando.

Meg se aproximó a la señora Cuál. La ansiedad que motivaba su interrogante la hizo olvidar lo del teselacto.

—¿Está mi padre aquí?

La señora Cuál sacudió la cabeza.

—Aqquí nno, Megg. Dejja qque la sseññora Qqué tte exxpplique. Ella ess jovvenn, y el lennguajje de lass ppalabbras ess mmás ffácil ppara ella qque ppara la sseññora Quiénn o ppara mmí.

—Nos hemos detenido aquí —explicó la señora Qué— algo así como para recobrar el aliento. Y para darte la oportunidad de que sepas a lo que tienes que enfrentarte.

—Pero, ¿y mi padre? —preguntó Meg—. ¿Se encuentra bien?

—Por el momento sí, querida. Él es una de las razones de que estemos aquí. Pero sólo una.

—¿Pero dónde está? ¡Llévenme con él, por favor!

—Todavía no es posible —dijo Charles—. Tienes que tener paciencia, Meg.

—¡Pero yo *no tengo* paciencia! —gimió Meg con vehemencia—. ¡Nunca he sido paciente!

Las gafas de la señora Quién la iluminaron suavemente.

—Si quieres ayudar a tu padre, tienes que aprender a ser paciente. *Vitam impendere vero. Jugarse la vida por la verdad.* Eso es lo que tenemos que hacer.

—Eso es lo que está haciendo tu padre —asintió la señora Qué, y su tono, como el de la señora Quién, fue sumamente grave y solemne. Después desplegó una radiante sonrisa.

—¡Hala! —exclamó—. Ahora, ¿por qué vosotros tres, chicos, no os vais a dar una vuelta y Charles explica un poco las cosas? En Uriel estáis perfectamente a salvo. Por eso nos detuvimos aquí a descansar.

—¿Pero usted no viene con nosotros? —preguntó Meg, asustada.

Hubo un momento de silencio. Luego la señora Cuál levantó su mano autoritaria.

—Muéstrales —le dijo a la señora Qué, y hubo en su voz algo que hizo sentir a Meg un estremecimiento de aprensión.

—¿*Ahora*? —preguntó la señora Qué, cuya voz chirriante se elevó hasta un chillido. Fuera lo que fuese lo que la señora Cuál quería que ellos vieran, era algo que también hacía sentir incómoda a la señora Qué.

—Ahoora —dijo la señora Cuál—. Ess hoora dde qque sseppan.

—Debo... ¿debo *transfigurarme*? —preguntó la señora Qué.

—Mmejjor.

—Espero no asustar demasiado a los chicos —murmuró la señora Qué, como hablando para sí.

—¿Me transfiguro yo también? —preguntó la señora Quién—. Oh, me he divertido *tanto* con estas ropas. Pero debo admitir que la señora Qué es insuperable en estos menesteres. *Das Werk lobt del Meister.* Alemán. *El artesano se conoce por su obra.* ¿Me transformo ahora yo también?

La señora Cuál sacudió la cabeza.

—Tttodavvía nno. Aqquí nno. Ppueddes esspperar.

—Bueno, queridos, ahora no os asustéis —dijo la señora Qué. Su pequeño cuerpo regordete empezó a borronearse, a temblar, a mudar. Los llamativos colores de su vestimenta fueron palideciendo, tornándose blancos. La esponjosa forma se fue estirando, alargando, fusionando. Y de pronto apareció ante los chicos la criatura más hermosa que Meg hubiera imaginado jamás, y su belleza residía en algo mucho más allá del aspecto exterior. Exteriormente, la señora Qué había dejado ciertamente de ser la señora Qué. Era un cuerpo de un blanco marmóreo, de poderosos flancos, semejante a un caballo pero al mismo tiempo completamente diferente a un caballo, pues del lomo espléndidamente modelado surgían un torso de nobles proporciones, brazos, y una cabeza semejante a la de un hombre, pero de un hombre dotado de tal dignidad y virtud, de tan exaltada alegría, como Meg jamás hubiera visto antes. «No», pensó, «no se parece a un centauro griego. En lo más mínimo».

Lentamente, un par de alas se desplegaron desde los hombros, unas alas hechas de arco iris de luz sobre el agua, de poesía.

Calvin cayó de rodillas.

–No –dijo la señora Qué, aunque su voz no era la de la señora Qué–. No ante mí, Calvin. Nunca ante mí. Levántate.

–Llévvales –ordenó la señora Cuál.

Con un gesto a la vez delicado y resuelto, la señora Qué se arrodilló delante de los chicos, extendiendo las alas y manteniéndolas firmes, aunque temblorosas.

–Subíos a mi lomo –dijo la nueva voz.

Los chicos dieron unos pasos vacilantes hacia la hermosa criatura.

–Pero, ¿cómo vamos a llamarla ahora?

–Oh, queridos míos –llegó la voz nueva, una voz dotada de la calidez del oboe, la claridad de la trompeta, el misterio del corno inglés.

–No podéis estar cambiándome el nombre cada vez que me metamorfoseo. Y he disfrutado tanto siendo la señora Qué, que creo que lo mejor es que me sigáis llamando así. –Les sonrió, ¿ella?, ¿él?, ¿ello?, y la calidez de la sonrisa fue tan tangible como una suave brisa, tan indudablemente tibia como los rayos del sol.

–Vamos –dijo Charles Wallace, trepando.

Meg y Calvin le siguieron, sentándose ella entre los dos chicos. Un estremecimiento recorrió las grandes alas, y luego la señora Qué se elevó, y se encontraron desplazándose a través del aire.

Meg pronto descubrió que no había necesidad de que se aferrara a Charles Wallace o a Calvin. El vuelo de la gran criatura era serenamente uniforme. Los muchachos contemplaban entusiasmados el paisaje a su alrededor.

–¡Mira! –señaló Charles Wallace–. Las montañas son tan altas, que no ves dónde acaban.

Meg miró hacia arriba, y comprobó que efectivamente, las montañas parecían extenderse hacia el infinito.

Dejaron atrás los fértiles campos y volaron a través de una gran planicie de roca aparentemente granítica, que formaba inmensos monolitos. Estos tenían una forma definida, rítmica, pero no eran estatuas; no eran parecidas a nada que Meg hubiera visto antes, y se preguntó si habrían sido esculpidas por el viento y el tiempo, por la formación misma de aquella tierra, o si eran creación de seres como aquél sobre el que cabalgaba.

Dejaron atrás la gran planicie de granito y volaron sobre un jardín cuya hermosura superaba cualquier sueño. En él deambulaban numerosas criaturas como aquella en que se había transformado la señora Qué, algunas yacían entre las flores, otras nadaban en un ancho río cristalino que discurría a través del jardín, otros volaban en lo que Meg estaba segura era una especie de danza, entrando y saliendo de la copa de los árboles. Hacían música, una música producida no sólo por sus gargantas, sino asimismo por el movimiento de sus grandes alas.

–¿Qué están cantando? –preguntó Meg, excitada.

La señora Qué sacudió la hermosa cabeza.

–No puede expresarse en tus palabras. No me es posible traducirlo a tu lenguaje. ¿Captas tú algo, Charles?

Charles Wallace iba sentado muy quieto sobre el ancho lomo, con una intensa expresión de escucha en el rostro, la expresión que ponía cuando sondaba la mente de Meg o de su madre.

—Un poco. Sólo un poquito. Pero creo que podría captar más, con un poco de tiempo.

—Sí. Podrías aprenderlo, Charles. Pero no hay tiempo. Sólo podemos permanecer aquí el tiempo necesario para descansar y hacer algunos preparativos.

Meg apenas la escuchaba.

—¡Quiero saber qué es lo que están diciendo! Quiero saber lo que significa.

—Inténtalo, Charles —urgió la señora Qué—. Trata de traducir. Ahora puedes dejarte ir. No tienes que disimular.

—¡Pero es que no puedo! ¡No todavía!

—Entonces únete a mí, y veré si podemos verbalizarlo un poco para ellos.

Charles Wallace adoptó su actitud exploratoria, de escucha.

«¡Conozco esa actitud!», pensó Meg. «Creo que ahora sé lo que significa. Porque yo la he tenido también, estudiando matemáticas con papá, cuando un problema ha estado a punto de aclararse...»

La señora Qué parecía escuchar los pensamientos de Charles.

—Pues, sí, es una idea. Puedo intentarlo. Lástima que no lo sepas con seguridad para poder transmitírmelo directamente, Charles. Es tanto trabajo de este modo.

—No sea perezosa —dijo Charles.

La señora Qué no se ofendió. Le explicó:

—Oh, es mi trabajo favorito, Charles. Es por eso que me eligieron para ir, aunque fuera tan joven. Es mi único verdadero talento. Pero exige una tremenda cantidad de energía, y vamos a necesitar cada gramo de energía para lo que tenemos por delante. Pero lo intentaré. Lo haré por Calvin y por Meg.

Se quedó en silencio; las grandes alas cesaron casi de moverse, sólo un levísimo sacudimiento parecía mantenerlas en vuelo.

—Escuchad, pues —dijo la señora Qué. La resonante voz subió de tono y las palabras parecieron rodearles completamente, de tal modo que Meg sentía que podía casi extender la mano y tocarlas: *¡Elevad al Señor un nuevo canto, y cantad en su alabanza desde los confines de la tierra, vosotros que bajáis a la mar, y todo cuanto allí existe; las ínsulas y sus habitantes. Que el campo y sus ciudades alcen su voz; que los habitantes del peñón canten, que griten desde lo alto de las montañas. Que glorifiquen al Señor!*

Meg sintió en todo el cuerpo una vibración de gozo como jamás había experimentado antes. Calvin extendió una mano; no cogió la mano de Meg en la suya; movió los dedos de manera que quedaran apenas rozando los de ella, y así el gozo circuló entre ellos, en ambas direcciones, a su alrededor, por encima y por dentro.

La señora Qué suspiró, y pareció completamente incomprensible que en aquel éxtasis pudiera abrirse paso el más leve aleteo de incertidumbre.

—Ahora debemos irnos, chicos. —La voz de la señora Qué contenía una profunda tristeza, y Meg no entendió. Alzando la cabeza, la señora Qué hizo un llamado que parecía una orden, y una de las criaturas que volaban sobre los árboles más próximos levantó la cabeza para escuchar, y luego se alejó y arrancó tres flores de un árbol que estaba junto al río y las trajo consigo.

—Coged una cada uno —dijo la señora Qué—. Después os diré cómo usarlas.

Al coger la flor, Meg se dio cuenta de que no era un solo capullo, sino centenares de diminutas florecillas que formaban una especie de campana hueca.

—¿Adónde vamos? —preguntó Calvin.

—Arriba.

Las alas se movieron, firmes y ágiles. El jardín, la extensión de granito, las imponentes formas, quedaron atrás, y la señora Qué se encontró entonces volando hacia arriba, ascendiendo constantemente, cada vez más alto. Por debajo de ellos, los árboles de la montaña fueron haciéndose más pequeños, más escasos, fueron reemplazados por arbustos y luego por pequeños pastizales secos, y finalmente la vegetación desapareció por completo y sólo quedaron rocas, puntas y picos rocosos, afilados y peligrosos.

—Sujetaos bien —dijo la señora Qué—. No vayáis a caeros.

Meg sintió el brazo de Calvin que la sujetaba firmemente de la cintura.

Siguieron subiendo.

Ahora se hallaban en las nubes. No veían nada más que una blancura flotante, y la humedad se les adhería, condensándose en gotitas heladas. Meg se estremeció, y Calvin estrechó su abrazo. Delante de ella, Charles Wallace permanecía sentado en silencio. En un momento dado se volvió, apenas el tiempo suficiente para dirigirle una rápida mirada de ternura y preocupación. Pero Meg sintió que, con cada momento que pasaba, Charles era cada vez menos su adorado hermanito menor, y cada vez más uno de aquellos seres, cualquiera que fuese su clase, que eran en realidad la señora Qué, la señora Quién y la señora Cuál.

Salieron abruptamente de las nubes al aire despejado. Debajo de ellos seguía habiendo rocas; hacia arriba, las rocas continuaban alzándose hacia el cielo, pero ahora, y aunque aparentemente a muchas millas de distancia, Meg podía ver dónde la montaña terminaba por fin.

La señora Qué continuaba ascendiendo, con las alas un poco tensas. Meg sintió aumentar los latidos de su corazón; un sudor frío empezó a brotar en su rostro, y sintió que los labios se le ponían azules. Empezó a jadear.

—Bueno, chicos, ahora usad las flores —dijo la señora Qué—. La atmósfera va a ser más tenue de ahora en adelante. Sostened las flores delante de la cara y respirad a través de ellas: eso os proporcionará oxígeno suficiente. No será tanto como el que estáis habituados, pero será suficiente.

Meg casi se había olvidado de las flores, y se alegró al comprobar que todavía las tenía aferradas, que no las había dejado caer de entre sus dedos. Hundió el rostro en los capullos y aspiró hondamente.

Calvin seguía teniéndola cogida con un brazo, pero también él se llevó las flores al rostro.

Charles Wallace movió lentamente la mano en la que llevaba las flores, como si estuviera en un sueño.

La señora Qué movía con esfuerzos sus alas en la atmósfera enrarecida. La cumbre estaba a poca distancia encima de ellos, y pronto se encontraron allí. La señora Qué se posó en una pequeña planicie de lisa roca plateada. Ante ellos se alzaba en el cielo un gran disco blanco.

—Una de las lunas de Uriel —les informó la señora Qué, con voz ligeramente fatigada.

—¡Oh, qué hermosa! —exclamó Meg—. ¡Qué hermosa!

La luz plateada que la enorme luna vertía sobre ellos se difuminaba en la dorada cualidad del día, derramándose sobre los chicos, la señora Qué, la cumbre entera de la montaña.

—Ahora vamos a darnos la vuelta —dijo la señora Qué, y ante el tono de su voz, Meg volvió a sentirse asustada.

Pero al volverse no vio nada. Frente a ellos estaba el transparente azul claro del cielo, más abajo, las rocas que sobresalían en el cambiante mar de blancas nubes.

—Ahora, aguardaremos las puestas del sol y la luna —dijo la señora Qué. Casi al mismo tiempo, la luz empezó a disminuir progresivamente.

—Quiero contemplar la puesta de la luna —dijo Charles Wallace.

—No, niño. No os déis la vuelta ninguno. Quedaos de cara a la oscuridad. De esa manera, lo que tengo que mostraros será más visible. Mirad hacia adelante, directamente adelante, tan lejos como os sea posible ver.

A Meg le dolían los ojos con el esfuerzo de mirar y no ver nada. Entonces, por encima de las nubes que rodeaban la montaña, le pareció ver una sombra, una leve masa de oscuridad, tan lejana que apenas estaba segura de estar realmente viéndola.

—¿Qué es eso? —dijo Charles Wallace.

—Esa especie de sombra allá lejos —dijo Calvin, señalándola—. ¿Qué es? No me gusta.

—Observad —ordenó la señora Qué.

Era una sombra, nada más que una sombra. No era siquiera tan tangible como una nube. ¿Era arrojada por algo? ¿O era una Cosa en sí misma?

El cielo se oscureció. El dorado abandonó la luz, y quedaron rodeados de azul, azul que se acentuó hasta que, donde no había habido más que el cielo nocturno, apareció primero el leve titilar de una estrella, y luego otra, y otra, y otra más. Eran más estrellas de las que Meg hubiera visto jamás.

—Aquí la atmósfera es tan tenue —dijo la señora Qué, como respondiendo a una pregunta no formulada—, que no oscurece vuestra visión como lo haría en vuestra tierra. Ahora mirad. Mirad recto hacia adelante.

Meg miró. La sombra oscura seguía allí. No se había atenuado o dispersado con la llegada de la noche. Y donde estaba la sombra, no se veían las estrellas.

¿Qué cosa, tan terrible como para que Meg supiera que no había habido antes o volvería a haberla nunca, podía tener una sombra; algo que la helara de miedo, un miedo más allá del estremecimiento, del llanto o del grito, de toda posibilidad de consuelo?

La mano con que Meg sostenía las flores cayó lentamente, y fue como si un cuchillo le seccionara los pulmones. Empezó a jadear, pero no encontró aire que respirar. La oscuridad le veló los ojos y la mente, pero cuando empezaba a caer en la inconsciencia, su cabeza cayó sobre las flores que todavía mantenía aferradas; y al inhalar la fragancia de su pureza, la mente y el cuerpo de Meg revivieron, y se sentó otra vez.

La sombra seguía allí, oscura y amenazadora.

Calvin le apretó con fuerza una mano en la suya, pero el contacto no le infundió energía ni tranquilidad. Un estremecimiento atravesó a Charles Wallace, que permanecía muy quieto sentado junto a ella.

«No debería estar viendo esto», pensó Meg. «Esto es demasiado para un niño tan pequeño, por más que sea un niño tan diferente y extraordinario».

Calvin se volvió, como rechazando la cosa oscura que borraba la luz de las estrellas.

—Haga que se vaya, señora Qué —susurró—. Haga que se vaya. Es maligna.

Lentamente, la gran criatura dio media vuelta de modo que la sombra quedara detrás de ellos, y vieran sólo las estrellas que brillaban, la suave pulsación de la luz sidérea en la montaña, el círculo de la enorme luna descendiendo velozmente sobre el horizonte. Luego, sin una palabra por parte de la señora Qué, se encontraron viajando hacia abajo, más y más. Cuando alcanzaron la corona de nubes, la señora Qué dijo:

—Ahora podéis respirar sin las flores, hijitos.

El silencio otra vez. Ni una palabra. Era

como si la sombra les hubiera alcanzado de alguna manera y, tocándoles, les hubiera privado de la capacidad de hablar. Cuando estuvieron nuevamente sobre el campo florecido, bañado ahora por la luz de las estrellas y por la de otra luna, más pequeña y amarillenta, que estaba saliendo, sus cuerpos perdieron un poco la tensión, y se dieron cuenta de que el de la hermosa criatura sobre la que cabalgaban había estado tan rígido como los de ellos.

Maniobrando garbosamente, la criatura descendió a tierra y plegó las alas. Charles Wallace fue el primero en desmontar.

—¡Señora Quién! ¡Señora Cuál! —llamó, y hubo inmediatamente un remolino en el aire. Las refulgentes y familiares gafas de la señora Quién les contemplaban. La señora Cuál también apareció; pero, como les había explicado, le resultaba difícil materializarse por completo, y aunque allí estaban la túnica y el sombrero de pico, Meg siguió viendo a través de ellos la montaña y las estrellas. Se deslizó del lomo de la señora Qué y se dirigió, un poco vacilante después del largo viaje, hacia la señora Cuál.

—Esa Cosa oscura que hemos visto —dijo—: ¿es contra eso que está luchando mi padre?

5. El teselacto

—Sí —dijo la señora Cuál—. Esstá dettráss dde la osscuriddad, dde moddo qque nni siqquieraa nnossottras ppoddemoss vverle.

Meg se puso a llorar, con grandes sollozos. A través de las lágrimas veía a Charles Wallace de pie, muy pequeño, muy blanco. Calvin la rodeó con sus brazos, pero ella se sacudió y se alejó, sollozando amargamente. Después la envolvieron las grandes alas de la señora Qué, y sintió que la energía y el consuelo penetraban en ella. La señora Qué no emitía sonido alguno, pero Meg percibió las palabras que le llegaban a través de las alas:

—Hija mía, no te desesperes. ¿Crees que os hubiéramos traído aquí si no hubiera esperanza? Os estamos pidiendo una cosa difícil, pero estamos seguras de que podéis hacerla. Tu padre necesita ayuda, necesita ánimo, y por sus hijos puede ser capaz de hacer lo que no puede por sí.

—Bueno —dijo la señora Cuál—, ¿esttammos lissttos?

—¿Adónde vamos? —preguntó Calvin.

Meg volvió a sentir un hormigueo físico de miedo mientras hablaba la señora Cuál.

—Ttenemmos qque irr al ottro laddo dde la ssombbra.

—Pero no lo haremos de una sola vez —les tranquilizó la señora Qué—. Lo haremos en etapas —miró a Meg—. Ahora vamos a teselar, vamos a volver a hacer una arruga en el Tiempo. ¿Comprendes?

—No —dijo categóricamente Meg.

La señora Qué suspiró.

—Las explicaciones no resultan fáciles cuando se refieren a cosas para las que vuestra civilización todavía no tiene palabras. Calvin habló de viajar a la velocidad de la luz. ¿Eso lo entiendes, Meg?

—Sí —asintió Meg.

—Por supuesto, ése es el camino menos práctico, el rodeo más largo. Nosotros hemos aprendido a reducir dondequiera que sea posible.

—¿Como en matemáticas? —preguntó Meg.

—Como en matemáticas. —La señora Qué miró a la señora Quién—. Cógete la falda y muéstrales.

—*La experiencia es la madre de la ciencia.* Español, queridos míos. Cervantes. —La señora Quién cogió una porción de su túnica blanca en las manos y la mantuvo tirante.

—Veréis —dijo la señora Qué—, si un insecto muy pequeño tuviera que ir desde la parte de la falda que está en la mano derecha de la señora Quién hasta la parte que está en su mano izquierda, la travesía en línea recta le resultaría bastante larga.

Sin soltar la falda, la señora Quién acercó una mano a la otra.

—En cambio ahora, como veis, *estaría allí*, sin haber hecho aquel largo viaje. Así es como viajamos nosotros —dijo la señora Qué.

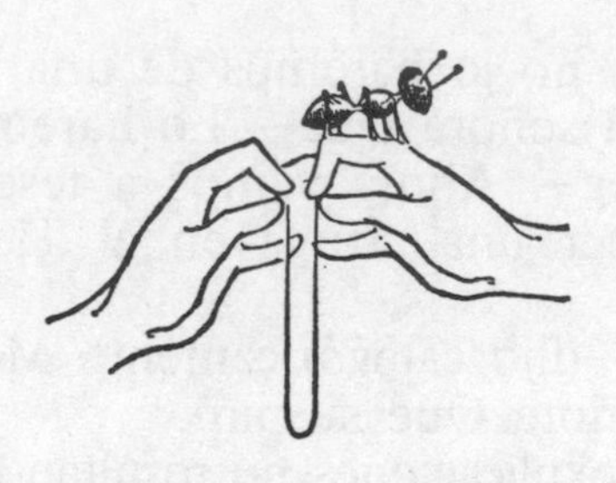

Charles Wallace aceptó serenamente la explicación. Tampoco Calvin mostró ninguna extrañeza.

—¡Vaya! —suspiró Meg—. Me parece que *soy* retardada. No lo entiendo.

—Eso es porque piensas el espacio en tres dimensiones solamente —le dijo la señora Qué—. Nosotros viajamos en la quinta dimensión. Se trata de algo que tú puedes entender, Meg. No tengas miedo de intentarlo. ¿Te pudo explicar tu madre lo que es un teselacto?

—Pues no —dijo Meg—. Se puso tan alterada al respecto. ¿Por qué, señora Qué? Dijo que tenía algo que ver con ella y papá.

—Es un concepto con el que estaban especulando —dijo la señora Qué—. El pasar de la cuarta a la quinta dimensión. ¿Te lo explicó a ti tu madre, Charles?

—Bueno, sí. —Charles pareció un tanto incómodo—. Por favor, no lo tomes a mal, Meg. La estuve acosando mientras tú estabas en el colegio, hasta que conseguí sacárselo.

Meg suspiró.

—Pues explícamelo a mí.

—Vale —dijo Charles—. ¿Cuál es la primera dimensión?

—Pues..., una línea.

—Bien. ¿Y la segunda dimensión?

—Bueno, cuadruplicas la línea. Un cuadrado plano estaría en la segunda dimensión.

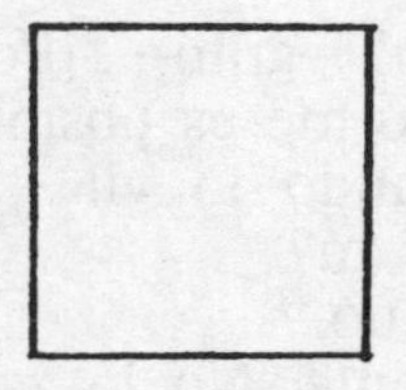

—¿Y la tercera?

—Bueno, elevas al cuadrado la segunda dimensión. Entonces el cuadrado ya no sería un plano. Tendría una base, lados y una parte superior.

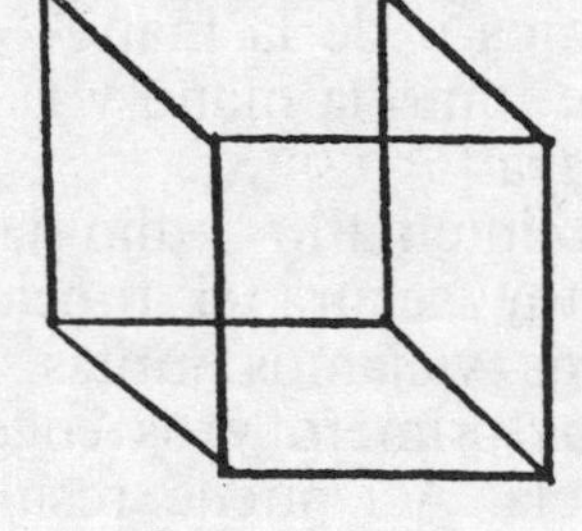

—¿Y la cuarta?

—Pues, si lo quieres poner en términos matemáticos, supongo que elevas el cuadrado al cuadrado. Pero no puedes coger el lapicero y dibujarla como podías con las otras tres. Sé que tiene algo que ver con Einstein y el tiempo. Pienso que a la cuarta dimensión podrías llamarla Tiempo.

—Correcto —dijo Charles—. Muy bien. Vale. Entonces, para la quinta dimensión elevarías la cuarta al cuadrado, ¿no es así?

—Creo que sí.

—Bueno, la quinta dimensión es un teselacto. La sumas a las otras cuatro dimensiones, y puedes viajar por el espacio sin tener que dar el largo rodeo. En otras palabras, para ponerlo en la anticuada geometría plana de Euclides, una línea recta *no es* la distancia más corta entre dos puntos.

Por un fugaz, luminoso segundo, el semblante de Meg adquirió la expresión ensimismada tan frecuentemente vista en el de Charles.

—¡Lo tengo! —gritó—. ¡Por un momento lo he visto claro! ¡No me es posible explicarlo ahora, pero en ese segundo lo vi! —Se volvió excitada hacia Calvin—. ¿Y tú?

Calvin asintió.

—Lo suficiente. No lo asimilo de la misma manera que Charles Wallace, pero sí lo bastante como para retener el concepto.

—Ennttoncess nnos vvammos —dijo la señora Cuál—. Nno ttenemmos ttodo el ttiemppo del mmunddo.

—¿Podemos ir de la mano? —preguntó Meg.

Calvin le tomó la mano y la estrechó fuertemente en la suya.

—Podéis intentarlo —dijo la señora Qué—, aunque no estoy segura si funcionará. ¿Sabéis?, aunque nosotras viajamos juntas, viajamos solas. Nosotras iremos primero y os cogeremos después en nuestra estela. Así puede resultaros más fácil. —Mientras ella hablaba, el gran cuerpo blanco empezó a oscilar, y las alas a disolverse en rocío. La señora Quién· pareció evaporarse hasta que no quedaron más que las gafas, y luego las gafas desaparecieron también. A Meg le recordó el Gato de Chesire.*

«He visto a menudo un rostro sin gafas», pensó, «¡pero unas gafas sin rostro! Me pregunto si yo también iré de ese modo. ¿Primero yo, y después las gafas?»

Miró a la señora Cuál. Estaba allí, y de pronto ya no estuvo.

Hubo una ráfaga de aire y un potente impulso y un agudo estrépito al ser arrebatada a través de... ¿qué? Luego, oscuridad; silencio; la nada. Si Calvin la tenía aún cogida de la mano, no podía

---

* Alude al personaje de L. Carrol; por extensión, se aplica a una persona que exhibe una sonrisa permanente, como un gesto fijo. *(N. del T.)*

sentirla. Pero esta vez estaba preparada para la súbita y total disolución de su cuerpo. Cuando sintió otra vez el hormigueo en la punta de los dedos, supo que aquel viaje estaba a punto de terminar, y volvió a sentir la presión de la mano de Calvin sobre la suya.

Sin advertencia alguna, como una total e inesperada sorpresa, sintió una presión que jamás había experimentado, como si estuviera siendo aplastada por una gigantesca apisonadora. Aquello resultaba mucho peor de lo que había sido la nada; mientras era nada, no necesitaba respirar, pero ahora le exprimían los pulmones de tal modo que, aunque se moría por falta de aire, no había modo de expandirlos y contraerlos para hacer entrar el aire que necesitaba para mantenerse viva. Era algo muy diferente al enrarecimiento de la atmósfera de cuando volaban hacia lo alto de la montaña y había tenido que llevarse la flor a la cara para respirar. Trató de jadear, pero una muñeca de papel no puede jadear. Creyó que intentaba pensar, pero su cerebro aplastado fue tan incapaz de funcionar como sus pulmones; sus pensamientos estaban aplastados como ella misma. Su corazón trató de latir; hizo un leve movimiento convulsivo, pero no consiguió expandirse.

Pero entonces le pareció oír una voz, o si no una voz, al menos palabras, palabras aplastadas como las palabras impresas sobre un papel: «Oh, no, ¡no podemos parar aquí! ¡Este es un planeta *bi*-dimensional, y los chicos no pueden manejarse en él!»

Un zumbido volvió a precipitarla en la nada, y la nada le resultó maravillosa. No le importó no poder sentir la mano de Calvin, no ver, ni sentir, ni ser. El alivio de la intolerable presión era todo lo que necesitaba.

Entonces comenzó a venirle de nuevo el hormigueo a los dedos de las manos y los pies;

sintió a Calvin que la sostenía con fuerza. El corazón le latía regularmente; la sangre circulaba por sus venas. No importa qué hubiese ocurrido, qué error se hubiera cometido, había pasado ya. Creyó oír a Charles Wallace diciendo, con palabras redondas y llenas como deben ser: «¡Vaya, señora Cuál, podía habernos matado!»

Esta vez fue sacada de la temible quinta dimensión de un súbito e inmediato tirón. Allí estaba, otra vez ella misma, con Calvin de pie a su lado sosteniendo protectoramente su mano, y con Charles Wallace delante de ella, aparentemente furioso.

La señora Qué, la señora Quién y la señora Cuál no estaban visibles, pero Meg sabía que estaban allí; el hecho de su presencia le resultaba claramente perceptible.

—Chiicoss, less ppiddo perddónn —llegó la voz de la señora Cuál.

—Bueno, Charles, cálmate —dijo la señora Qué, apareciendo no como el grande y hermoso animal que había sido la última vez que la vieran, sino con su conocido atuendo de chales y pañuelos, y el viejo abrigo y el sombrero de vagabundo. —Ya sabéis lo difícil que es para ella materializarse. Si tú mismo no eres sustancial, es *muy* difícil darte cuenta de lo restrictivo que es el protoplasma.

—Lo ssiennto dde vverass —llegó nuevamente la voz de la señora Cuál; pero en ella había algo más que un indicio de diversión.

—No tiene *ninguna* gracia.

Charles Wallace dio una patada al suelo, en un gesto infantil.

Después de sus refulgentes gafas, fue apareciendo lentamente el resto de la señora Quién.

—Estamos hechos de la materia de los sueños. —Mostró una amplia sonrisa—. Próspero, en *La tempestad.* Me *gusta* esa obra.

—¿No lo habrá hecho *adrede*? —inquirió Charles Wallace.

—Oh, mi querido, desde luego que no —dijo rápidamente la señora Qué—. Ha sido sólo un error muy comprensible. Es muy difícil para la señora Cuál pensar de un modo corporal. No os haría daño deliberadamente; lo sabéis bien. Y es un pequeño planeta muy agradable, y bastante divertido para ser plano. Siempre disfrutamos nuestras visitas allí.

—¿Entonces, dónde estamos ahora? —preguntó Charles Wallace—. ¿Y por qué?

—En el cinturón de Orión. Tenemos una amiga aquí, y queremos que echéis una ojeada a vuestro propio planeta.

—¿Cuándo vamos a volver a casa? —preguntó con ansiedad Meg—. ¿Qué pasa con mamá? ¿Y con los mellizos? Estarán terriblemente preocupados por nosotros. Cuando no aparecimos a dormir..., bueno, mamá debe estar frenética. Ella, y los mellizos, y Fort, deben habernos estado buscando, y por supuesto ¡cómo van a encontrarnos!

—Vamos, no te aflijas, monina —dijo la señora Qué jovialmente—. Nos ocupamos de eso antes de partir. Bastante preocupación ha tenido tu madre con habérselas contigo y con Charles, y con no saber nada de tu padre, como para que fuésemos a añadirle dificultades. Es muy fácil de hacer, si sabes cómo.

—¿Qué quiere decir? —preguntó Meg quejumbrosamente—. Por favor, señora Qué, todo es tan confuso...

—Tú relájate, y no te preocupes por cosas que no es necesario que te inquieten —dijo la señora Qué—. Nosotras preparamos un pequeño dispositivo muy preciso de teselar el tiempo, y a menos que algo vaya terriblemente mal, os tendremos de regreso antes de que hayan transcurrido cinco minutos desde vuestra partida, de modo que sobrará tiempo, y nadie tendrá por qué saber que estuvisteis ausentes, aunque, desde luego, se lo contaréis a vuestra madre, la pobre corderita. Y si algo marchase horriblemente mal, no importará que regresemos o no.

—Nno less assusttess —llegó la voz de la señora Cuál—. ¿Esttáss pperddiennndo la connffianzza?

—Oh, no. De ningún modo.

Pero Meg pensó que el tono no era muy convencido.

—*Supongo* que este planeta será bonito —dijo Calvin—. Aunque no se *ve* mucho de él. ¿Aclara aquí alguna vez?

Meg miró a su alrededor, advirtiendo que había quedado tan sofocada con el viaje y la parada en el planeta bidimensional, que no había prestado atención al entorno. Lo que tal vez no tenía nada de extraordinario, pues lo más relevante en cuanto al entorno era precisamente que nada destacaba en él. Parecía que se encontraban sobre una especie de superficie plana, muy difícil de describir. El aire que les rodeaba era gris. No era exactamente niebla, pero Meg no podía ver nada a través de ella. La visibilidad estaba limitada a los cuerpos perfectamente definidos de Charles Wallace y Calvin, a los bastante increíbles de las señoras Qué y Quién, y a un fulgor ocasional que correspondía al de la señora Cuál.

—Vamos, chicos —dijo la señora Qué—. No queda muy lejos, y podemos ir andando. Os vendrá bien estirar un poco las piernas.

Mientras marchaban rodeados por aquella atmósfera grisácea, Meg tuvo algún vislumbre ocasional de una suerte de escoria volcánica, pero no había traza de árboles o arbustos, sólo un terreno plano bajo sus pies, sin signo alguno de vegetación.

Por fin, delante de ellos asomó lo que pareció una colina de piedra. Al aproximarse, Meg vio que era una entrada que conducía a una profunda y oscura caverna.

—¿Es allí donde vamos? —preguntó nerviosamente.

—No tengas miedo —dijo la señora Qué—. La Médium Feliz trabaja mejor en un recinto cerrado. Oh, os gustará, chicos. Tiene muy buen talante. Me deprimiría mucho si llegara a mostrarse triste; pero si ella ríe, estoy segura de que todo va a salir bien al final.

—Seññora Qqué —llegó la voz de la señora Cuál, en tono severo—, el ssolo heecho dde sser mmuyy jjovven nno ess unna exxcussa ppara haabblar demmassiaddo.

La señora Qué pareció ofendida, pero se calló.

—¿*Qué* edad tiene usted? —le preguntó Calvin.

—Espera un momento —murmuró la señora Qué, al parecer calculando rápidamente con los dedos.

Asintió, triunfante:

—Exactamente 2.379.152.497 años, 8 meses y 3 días. Eso, desde luego, según vuestro calendario, que como incluso vosotros sabéis, no es muy preciso. —Se inclinó hacia Meg y Calvin, y susurró—: Fue en verdad un gran honor para mí ser elegida para esta misión. Se debe a que puedo verbalizar y materializarme tan bien, ¿sabéis? Pero, por supuesto, las aptitudes no nos dan ningún mérito. Lo que cuenta es cómo las utilizamos. Y yo cometo demasiados errores. Por eso es que la señora Quién y yo gozamos viendo cometer un error a la señora Cuál al intentar haceros aterrizar en un planeta bidimensional. Era de *eso* que nos reíamos, no de vosotros. Y ella se reía de sí misma. ¿Sabéis? En realidad es sumamente buena con nosotras, las más jóvenes.

Meg escuchaba con tanto interés lo que estaba diciendo la señora Qué, que apenas advirtió que entraban en la caverna; la transición del gris del exterior al gris del interior era apenas perceptible. Vio, adelante y hacia abajo, una luz vacilante, hacia la que se dirigían. A medida que se fueron acercando, comprobó que se trataba de una hoguera.

—Aquí hace mucho frío —dijo la señora Qué—, así que le pedimos que encendiera un buen fuego para vosotros.

Mientras avanzaban hacia la hoguera vieron una sombra oscura que se destacaba contra la luz, y al aproximarse más comprobaron que la sombra era una mujer. Llevaba un hermoso turbante de seda de color malva pálido, y una larga túnica suelta de raso púrpura. Sostenía en las manos una bola de cristal, que contemplaba ensimismada. Sin advertir, aparentemente, la presencia de los chicos y de las señoras Qué, Quién y Cuál, siguió mirando fijamente la bola de cristal; y mientras lo hacía, comenzó a reír; y continuó riendo y riendo sin parar de lo que veía en la bola.

La voz de la señora Cuál resonó clara y potente, haciendo eco contra las paredes de la caverna; y las palabras cayeron con sonoro estrépito:

—¡ESSTTAMOS AQQUII!

La mujer levantó la vista de la bola, y al verles se irguió e hizo una profunda reverencia. La señora Qué y la señora Quién correspondieron con ligeras reverencias; la reverberación, por su parte, pareció inclinarse levemente.

—Oh, Médium, querida —dijo la señora Qué—, éstos son los chicos. Charles Wallace Murry —Charles hizo una inclinación de cabeza—, Margaret Murry —Meg consideró que si la señora Qué y la señora Quién habían hecho una reverencia, ella también debía hacerlo; así pues, la hizo, bastante torpemente—, y Calvin O'Keefe —Calvin hizo una señal afirmativa—. Queremos que vean su planeta —dijo la señora Qué.

La Médium perdió la sonrisa de deleite que había lucido hasta entonces.

—Oh, ¿por qué tenéis que hacerme mirar cosas desagradables, habiendo tantas cosas encantadoras para ver?

La voz de la señora Cuál volvió a reverberar en la cueva.

—Ddejjaránn dde habber ttantass cossas enncanttadorass qque mmirar, ssi lass ppersonnas resspponsabbles nno haacenn alggo acerrca dde lass ddesaggradabbless.

La Médium suspiró, y sostuvo la bola en alto.

—Mirad, chicos —dijo la señora Qué—. Mirad con atención.

—*Que la terre est petite à qui la voit des cieux!* Delille. *¡Cuán pequeña es la tierra para quien la ve desde el cielo!* —entonó musicalmente la señora Quién.

Meg miró al interior de la bola de cristal, al principio con cautela y luego con creciente avidez, cuando le pareció ver una enorme extensión de espacio oscuro y vacío y después galaxias que lo cruzaban. Por último, le pareció que se aproximaban a una de las galaxias.

—Vuestra Vía Láctea —le susurró la señora Qué a Meg.

Se encaminaron directamente al centro de la galaxia; luego se desplazaron a un costado; las estrellas parecían correr hacia ellos. Meg se cubrió el rostro con un brazo, como para protegerse del impacto.

—¡Mmiraa! —ordenó la señora Cuál.

Meg dejó caer el brazo. Parecían avanzar hacia un planeta. Creyó divisar en él casquetes polares. Todo parecía rutilantemente claro.

—No, no, Médium querida, ése es Marte —reprobó suavemente la señora Qué.

—¿*Tengo* que...? —preguntó la Médium.

—¡AHHORAA! —ordenó la Sra. Cuál.

El brillante planeta quedó fuera de la vista.

Por un momento sólo hubo la oscuridad del espacio; luego apareció otro planeta. Sus contornos no eran nítidos y bien definidos. Parecía estar cubierto por una bruma grisácea. A través de la bruma, Meg vislumbró el familiar contorno de los continentes, como si fueran las fotografías de sus libros de Ciencias Sociales.

—¿Se debe a nuestra atmósfera que no podamos ver con claridad? —preguntó Meg.

—Nno, MMegg, ttú sabbess qque nno ess la attmóssffera —dijo la señora Cuál—. Ttiennes qque sser vvalienntte.

—¡Es la Cosa! —gritó Charles Wallace—. ¡Es la Cosa Oscura que vimos desde la cima de la montaña en Uriel, cuando cabalgábamos a lomos de la señora Qué!

—¿Es que ha llegado? ¿Acaso llegó durante nuestra ausencia? —preguntó Meg con desesperación, sin poder apartar los ojos de la sombra que oscurecía la belleza de la tierra.

—DDísselo —indicó la señora Cuál a la señora Qué, y su voz parecía muy cansada.

—No, Meg —dijo la señora Qué, suspirando—. No ha llegado. Ha estado ahí desde hace muchos años. Es por eso que vuestro planeta es tan desdichado.

—Pero, ¿por qué...? —empezó a decir Calvin, con voz que era un bronco gruñido.

La señora Qué alzó una mano para hacerle callar.

—Si os mostramos la Cosa Oscura primero en Uriel fue... ¡oh! por muchas razones. Primero, porque la atmósfera allí, en la cumbre de la montaña, es tan transparente que podíais verla tal como es. Y creímos que os sería más fácil de entender si la veíais..., pues, primero en cualquier otro sitio que no fuera vuestro propio planeta.

—¡La odio! —gritó apasionadamente Charles Wallace—. ¡Odio a la Cosa Oscura!

La señora Qué hizo una señal afirmativa.

–Sí, Charles querido. Todos la odiamos. Esa es otra razón por la que queríamos prepararos en Uriel. Pensamos que os habría asustado demasiado verla en primer lugar sobre vuestro propio y amado mundo.

–¿Pero, qué es? –inquirió Calvin–. Sabemos que es maligna, pero ¿qué es?

–¡Ttú lo hass ddichoo –resonó la voz de la señora Cuál–. Ess El Mmal. ¡Ess el Ppodder dde lass Ttinniebblas!

–Pero ¿qué va a ocurrir? –preguntó Meg temblorosa–. ¡Por favor, señora Cuál, díganos qué va a ocurrir!

–¡Connttinnuaremmos luchannddo!

Algo en la voz de la señora Cuál hizo que los tres chicos se irguieran, echaran los hombros hacia atrás con energía, y quedaran mirando, en actitud altiva y confiada, hacia el resplandor que era la señora Cuál.

–Y sabed que no estamos solos, chicos –dijo la señora Qué, en su papel de infundir ánimo–. Está siendo combatida en todo el universo, en todo el cosmos, y ¡por Dios que es una tremenda y excitante batalla! Sé que no resulta sencillo para vosotros asimilar la noción de tamaño, de cómo existe muy poca diferencia entre el tamaño del más diminuto de los microbios y la mayor de las galaxias. Pensad acerca de eso, y tal vez no os resulte extraño que algunos de nuestros mejores luchadores hayan salido precisamente de vuestro propio planeta, y es un *pequeño* planeta, queridos, al borde de una pequeña galaxia. Podéis estar orgullosos de él.

–¿Quiénes han sido nuestros luchadores? –preguntó Calvin.

–¡Oh, tienes que saber de ellos, querido! –dijo la señora Qué.

Las antiparras de la señora Quién resplandecieron triunfalmente hacia ellos:

—*"And the light shineth in darkness; and the darkness comprehended it not."*

—¡Jesús! —dijo Charles Wallace—. ¡Jesús, por supuesto!

—¡Por supuesto! —dijo la señora Qué—. Sigue, Charles, mi amor. Hubo otros. Todos vuestros grandes artistas. Han sido como antorchas para alumbrarnos el camino.

—¿Leonardo da Vinci? —sugirió Calvin, tentativamente—. ¿Y Miguel Angel?

—¡Y Shakespeare —exclamó Charles Wallace—, y Bach, y Pasteur, y Madame Curie, y Einstein!

Ahora el tono de Calvin fue más confiado:

—¡Y Schweitzer, y Ghandi, y Buda y Beethoven y Rembrandt y San Francisco!

—Ahora tú, Meg —ordenó la señora Qué.

—Oh, Euclides supongo. Y Copérnico. Pero ¿y papá? Por favor, ¿y papá? —Meg estaba tan consumida de impaciencia que su tono era irritado.

—Essttamoss yyenndo haccia éll —dijo la señora Cuál.

—Pero ¿dónde está? —Meg fue hacia la señora Cuál y dio una patada en el suelo, como si fuera tan pequeña como Charles Wallace.

La señora Qué contestó, en voz baja pero con firmeza:

—En un planeta que se ha rendido. De modo que debes estar preparada para ser muy fuerte.

Toda traza de alegría había desaparecido del semblante de la Médium Feliz. Se sentó sosteniendo la gran bola, contemplando en ella la tierra ensombrecida, y una lágrima descendió lentamente por su mejilla.

—No puedo soportarlo más —sollozó—. Observad ahora, chicos, ¡observad!

6. La Médium Feliz

De nuevo enfocaron la mirada en la bola de cristal. La tierra, con su horrenda cubierta de sombra oscura, se desplazó del campo visual, y se encontraron atravesando velozmente la Vía Láctea. Y de nuevo apareció la Cosa.

—¡Observad! —les indicó la médium.

La tiniebla parecía hervir y convulsionarse. ¿Tenía *aquello* por objeto hacerles sentir *mejor*?

De pronto hubo una gran explosión de luz que atravesó la Tiniebla. La luz se expandió, y donde tocaba la Tiniebla, la tiniebla desaparecía. La luz continuó expandiéndose hasta que la Cosa Oscura se desvaneció, quedando sólo un fulgor suave, y en él fueron apareciendo las estrellas, límpidas y puras. Después, lentamente, el fulgor disminuyó, hasta quc él también desapareció y sólo quedaron las estrellas y la luz sideral. Ninguna sombra. Ningún temor. Sólo las estrellas y la transparente oscuridad del espacio, totalmente distinta de la temible oscuridad de la Cosa.

—¡Ya lo veis! —exclamó la médium, sonriendo feliz—. ¡Puede ser vencida! ¡Está siendo vencida todo el tiempo!

La señora Qué suspiró, de un modo tan triste que Meg sintió deseos de rodearla con sus brazos para reconfortarla.

—Cuéntenos exactamente lo que ha ocurrido, vamos —dijo Charles Wallace en un tono muy suave.

—Ha sido una estrella —dijo con tristeza la señora Qué—. Una estrella dando su vida en combate con la Cosa. Ha vencido, ¡oh, sí, queridos míos!, pero ha perdido la vida para lograr la victoria.

La señora Cuál habló otra vez. Su voz sonó fatigada y comprendieron que hablar le costaba un esfuerzo tremendo.

—Nno hace ttannto qque tte ssuceddió a tti, ¿vverddad? —preguntó con dulzura.

La señora Qué sacudió la cabeza.

Charles Wallace se acercó a la señora Qué.

—Ahora comprendo. Usted fue una vez una estrella, ¿no es cierto?

La señora Qué se cubrió la cara con las manos como si la pregunta le resultara embarazosa, y asintió.

—¿Y usted hizo..., usted hizo lo que esa estrella acaba de hacer?

Con el rostro todavía cubierto, la señora Qué asintió de nuevo.

Charles Wallace la miró, con gran solemnidad.

—Me gustaría darle un beso.

La señora Qué bajó las manos de su rostro y atrajo a Charles Wallace hacia sí en un impulsivo abrazo. El le puso los brazos al cuello, apretó su mejilla contra la de ella y la besó.

Meg sintió que también a ella le hubiera gustado besar a la señora Qué, pero que, después de Charles Wallace, cualquier cosa que ella o Calvin hicieran o dijeran resultaría contraproducente. Se contentó con mirar a la señora Qué. Aunque estaba acostumbrada al curioso atavío de la señora Qué (y la propia curiosidad del mismo era lo que la hacía parecer tan entrañable), se dio cuenta con sorpresa de que no era en absoluto la señora Qué lo que estaba viendo. La verdadera y completa señora Qué, comprendió, estaba más allá del entendimiento humano. Lo que veía era solamente el juego que la señora Qué estaba jugando; un juego divertido y encantador, un juego lleno tanto de risas como de consuelo, pero que era únicamente una faceta pequeñísima de lo que la señora Qué *podía* ser.

—No pensaba contároslo —dijo vacilante la señora Qué—. Hubiera querido que no lo supierais. Pero, ¡oh, niños míos, me encantaba tanto ser una estrella!

—Ttodavvía eress mmuyy jjovven —dijo la señora Cuál, en tono levemente reprensivo.

La médium permanecía sentada contemplando con deleite en su bola el cielo cuajado de estrellas, sonriente y asintiendo con ligeras risitas. Pero Meg advirtió que se le cerraban los ojos, y de pronto dejaba caer la cabeza hacia adelante, emitiendo un leve ronquido.

—Pobrecilla —dijo la señora Qué—, la hemos agotado. Es un duro esfuerzo para ella.

—Por favor, señora Qué, ¿qué va a pasar ahora? —preguntó Meg—. ¿Por qué seguimos aquí? ¿Qué vamos a hacer a continuación? ¿Dónde está papá? ¿Cuándo vamos a ir con él? —juntó las manos suplicante.

—¡Una cosa cada vez, amor! —dijo la señora Qué.

La señora Quién interrumpió:

—*As paredes tem ouvidos.* Eso es portugués. *Las paredes oyen.*

—Sí, vayamos afuera —dijo la señora Qué—. Vamos, dejémosla dormir.

Pero cuando se volvían para salir, la médium dio un respingo y les sonrió, radiante.

—No ibais a iros sin decirme adiós, ¿verdad? —preguntó.

—Pensamos que debíamos dejarte dormir,

querida –dijo la señora Qué dándole una palmadita en el hombro–. Te hemos hecho trabajar duro, y sabemos que debes estar muy fatigada.

–Pero yo iba a ofreceros un poco de ambrosía o de néctar, o por lo menos un poco de té...

Al oír esto, Meg se dio cuenta de que estaba muy hambrienta. ¿Cuánto tiempo había pasado desde que tomaran el guiso?, se preguntó.

Pero la señora Qué dijo:

–¡Oh, gracias, querida; pero creo que es mejor que nos vayamos!

–*Ellas* no necesitan alimentarse, ¿sabes? –le susurró Charles Wallace a Meg–. Por lo menos, no con comida, como nosotros. Comer no es más que otro juego para ellas. Tan pronto como nos hayamos organizado otra vez, será mejor que les recuerde que tendrán que alimentarnos tarde o temprano.

La médium sonrió y asintió.

–Me parece que debería hacer algo *agradable* por vosotras, después de haber tenido que mostrar a estos chicos cosas tan horribles. ¿Les gustaría ver a su madre antes de partir?

–¿Podríamos ver a papá? –preguntó Meg ávidamente.

–Nno –dijo la señora Cuál–. Vvammos a irr conn ttu ppaddre, Mmegg. Nno sseas immppacientte.

–Pero podría ver a su *madre*, ¿no es así? –terció la médium.

–¡Oh!, ¿por qué no? –intervino la señora Qué. No llevará mucho tiempo y no puede hacer ningún daño.

–¿Y Calvin también? –preguntó Meg–. ¿Podría ver a su madre, él también?

Calvin tocó a Meg con un gesto rápido, que ella no supo si era de agradecimiento o de aprensión.

–Crreo qque ess unn errror. –La señora Cuál estaba en desacuerdo–. Ppero ppuesstto qque lo hass pplanteaddo, ssupponggo qque ddebbes sseg-guir addelanntte conn elllo.

–Me mortifica que se enoje –dijo la señora Qué, echando una ojeada a la señora Cuál–, y el problema es que siempre parece tener razón. Pero lo cierto es que no veo qué daño puede haber en esto, y pienso que podría haceros sentir mejor a todos. Adelante, médium querida.

La médium, sonriendo y tarareando suavemente, hizo girar un poco la bola entre sus manos. Estrellas, cometas, planetas, rasgaron el cielo, y luego la tierra volvió a hacerse visible, la tierra ensombrecida, más cerca, más cerca, hasta llenar la esfera; hasta que de algún modo hubieron atravesado la oscuridad y la blancura pastosa de las nubes y el suave contorno de los continentes resplandecieron otra vez.

–Primero la madre de Calvin –le susurró Meg a la médium.

La esfera se puso brumosa, nubosa; después las sombras empezaron a solidificarse, a aclararse, y se encontraron viendo una cocina desordenada, con un fregadero lleno de platos sin lavar. Delante del fregadero, había una mujer desgreñada, con un mechón de pelo gris caído sobre la frente. Tenía la boca abierta, y Meg pudo ver sus encías desdentadas, y le pareció oír que rezongaba a gritos a dos pequeños que se encontraban de pie junto a ella. Luego, la mujer cogió del fregadero una larga cuchara de madera y empezó a vapulear a uno de los niños.

–¡Oh, Dios mío! –murmuró la médium, y la escena empezó a desvanecerse–. No era mi intención...

–Está bien –dijo Calvin en voz baja–. Creo que es preferible que estéis al tanto.

Esta vez, en lugar de buscar ella refugio en Calvin, Meg le cogió las manos, sin decir nada con palabras, sino intentando comunicarle lo que sentía a través de la presión de sus dedos. Si alguien le hubiera dicho el día anterior que ella, Meg, la de los dientes torcidos, la miope, la torpe, estaría cogiendo la mano de un chico para ofrecerle consuelo y fortaleza, especialmente un muchacho tan estimado e importante como Calvin, la idea le hubiera parecido inconcebible. Pero ahora, ayudar y proteger a Calvin le pareció tan natural como querer hacerlo con Charles Wallace.

Las sombras comenzaron a girar otra vez, y cuando la escena comenzó a aclararse, Meg empezó a reconocer el laboratorio de su madre. La señora Murry estaba sentada en su alto taburete, escribiendo en un papel prendido a una tablilla que sostenía sobre el regazo. «Le está escribiendo a papá», pensó Meg. «Como hace siempre. Todas las noches.»

Las lágrimas que nunca pudo aprender a controlar bañaron sus ojos al contemplar a su madre. La señora Murry levantó los ojos de la carta, casi como si estuviera mirando a los chicos, y después dejó caer la cabeza sobre el papel y permaneció allí, acurrucada, abandonándose a un estado de desdicha que jamás permitía presenciar a sus hijos.

Y esta vez el deseo de llorar abandonó a Meg. Sintió que la ardiente ira protectora que había experimentado por causa de Calvin cuando observara el hogar del muchacho, le volvía ahora por causa de su madre.

—¡Vamos! —gritó roncamente—. ¡Hagamos *algo*!

—Siempre tiene razón —murmuró la señora Qué mirando hacia la señora Cuál—. A veces quisiera que dijera «os lo dije», y acabara el asunto.

—Yo sólo quería ayudar... —se lamentó la médium.

—Oh, querida médium, *no* se sienta usted mal —dijo rápidamente la señora Qué—. Ande, busque algo alegre que mirar. No soporto que esté usted afligida.

–No ha sido nada –le aseguró Meg a la médium encarecidamente–. De veras que no, señora médium, y le estamos muy agradecidos.

–¿Seguro? –preguntó la médium, reconfortada.

–¡Seguro! Ha sido realmente una gran ayuda, porque me ha enfurecido y cuando yo me enfurezco no hay nada que pueda asustarme.

–Bueno, entonces dame un beso de despedida para la buena suerte –dijo la médium.

Meg se acercó a ella y le dio un rápido beso, y lo mismo hizo Charles Wallace. La médium miró sonriente a Calvin, e hizo un guiño.

–Quiero que el jovencito me bese también. Siempre he adorado el cabello pelirrojo. Y te dará suerte, amoroso.

Calvin se inclinó, ruborizado, y la besó torpemente en la mejilla.

La médium le dio un pellizco en la nariz.

–Tienes mucho que aprender, muchachito –le dijo.

–Y ahora, adiós, querida médium, y muchas gracias –dijo la señora Qué–. Volveremos a visitarla dentro de un par de eones, supongo.

–¿Adónde os dirigís, por si quisiera sintonizar con vosotros? –preguntó la médium.

–A Camazotz –le dijo la señora Qué–. (Qué era y dónde estaba Camazotz? A Meg no le gustaron, ni el sonido de la palabra, ni el modo en el que la señora Qué la había pronunciado). Pero por favor no se aflija por nosotros. Sabe que no le gusta mirar en los planetas oscuros, y nosotros nos afligimos cuando usted no está feliz.

–Pero tengo que saber lo que les ocurra a los chicos –dijo la médium–. Mi problema más grave es que me encariño. Si no me encariñase podría ser feliz todo el tiempo. Oohh, bueno, ooohmm, me las compongo para conservarme bastante alegre, y ahora mismo una pequeña siesta me vendrá de maravilla. Adiós, adiós quer... —y el sonido de la última palabra se perdió en un ronquido.

—Vvammos —ordenó la señora Cuál, y siguiéndola pasaron de la oscuridad de la caverna al gris impersonal del planeta de la médium.

—Ahhora, chhicoss, nno ddebbéis assusttaros conn lo qque vva a ssucedder —advirtió la señora Cuál.

—Mantén tu cólera, Meg —susurró la señora Qué—. Ahora necesitarás todo tu ímpetu.

De nuevo, Meg fue súbitamente arrastrada a la nada. Esta vez, la nada fue interrumpida por una sensación de viscosa frialdad que nunca había experimentado antes. La frialdad se acentuó, girando como un torbellino a su alrededor y traspasándola, y se llenó de una nueva y extraña clase de oscuridad que era completamente tangible, una cosa que quería devorarla y digerirla, como si se tratara de una enorme y maligna bestia de rapiña.

Y de pronto ya no hubo oscuridad. ¿Había sido la sombra, la Cosa Negra? ¿Habían tenido que viajar a través de ella para alcanzar a su padre?

Se produjo el a estas alturas familiar hormigueo en sus manos y pies, y el impulso a través de algo sólido, y se encontró de pie, y sin aliento pero ilesa, al lado de Calvin y de Charles Wallace.

—¿Es esto Camazotz? —preguntó Charles Wallace al materializarse la señora Qué delante suyo.

—Sí —respondió ella—. Ahora quedémonos quietos recobrando el aliento y echando una mirada alrededor.

Se encontraban sobre una colina, y al mirar en torno Meg pensó que bien podían estar sobre una colina en la Tierra. Estaban los árboles que tan bien conocía: abedules, pinos, arces. Y aunque hacía más calor que cuando habían abandonado tan precipitadamente el huerto de manzanos, el aire tenía una leve cualidad otoñal; cerca de ellos había varios arbolillos de hojas rojas muy semejantes al zumaque*, y una extensa mancha de flores que parecían nardos amarillos. Al mirar hacia el pie de la colina, divisó las chimeneas de una ciudad, que podía haber sido una cualquiera de las ciudades conocidas. El paisaje no parecía tener nada de extraño, o diferente, o temible.

Pero la señora Qué vino hacia ella y la rodeó con un brazo, en actitud protectora.

–No puedo quedarme con vosotros aquí, ¿sabes querida? –dijo–. Dependeréis de vosotros mismos. Estaremos cerca de vosotros; os estaremos observando. Pero no podréis vernos ni pedirnos ayuda, y nosotras no podremos acudir en vuestro auxilio.

–¿Pero papá está aquí? –preguntó Meg con voz temblorosa.

–Sí.

–Pero ¿dónde? ¿Cuándo vamos a verle? –Estaba presta a correr, como si fuera a lanzarse inmediatamente hacia dondequiera que estuviese su padre.

–Eso no puedo decírtelo. Tendrás que aguardar hasta el momento propicio.

Charles Wallace miró serenamente a la señora Qué.

–¿Teme usted por nosotros?

–Un poco.

–Pero si no tuvo miedo de hacer lo que hizo cuando era una estrella, ¿por qué habría de temer ahora por nosotros?

–También tuve miedo entonces –dijo suavemente la señora Qué–. Miró detenidamente, uno por uno a los tres chicos.

–Necesitaréis ayuda –les dijo–, pero todo lo que puedo daros es un pequeño talismán. Calvin,

---

* Arbusto anacardiáceo abundante en tanino. *(N. del T.)*

tu gran don es tu capacidad para comunicarte, para comunicarte con toda clase de gentes. Por tanto, en ti quiero potenciar ese don. En ti, Meg, tus defectos.

—¡Mis defectos! —exclamó Meg.

—Tus defectos.

—¡Pero si me paso intentando librarme de mis defectos!

—Sí —dijo la señora Qué—. No obstante, creo que los encontrarás muy útiles en Camazotz. Charles Wallace, a ti sólo puedo darte la capacidad de encaje propia de la niñez.

De alguna parte surgió el resplandor de las gafas de la señora Quién, y se oyó su voz:

—Calvin —dijo—, un indicio para ti. Escucha bien: *...como eras un espíritu excesivamente delicado para ejecutar sus terrestres y abominables órdenes, te resististe a secundar sus operaciones mágicas. Entonces ella, con la ayuda de agentes más poderosos, y en su implacable cólera, te confinó en el hueco de un pino. Aprisionado en aquella corteza permaneciste lastimosamente...**

—¿Dónde está usted, señora Quién? ¿Dónde está la señora Cuál? —preguntó Charles Wallace.

—Ahora no podemos ir a vosotros —les llegó como una ráfaga de viento la voz de la señora Qué. *Allwissend bin ich nicht; doch viel ist mir bewisst.* Goethe. *No lo sé todo; no obstante, comprendo muchas cosas.* Eso va por ti, Charles. Recuerda que no lo sabes todo.

Luego la voz se dirigió a Meg.

—A ti te dejo mis gafas, mi pequeño topo. Pero no las uses más que como último recurso. Guárdalas para el postrer momento de peligro.

---

* Hemos utilizado para este pasaje la versión de Luis Astrana Marín. Shakespeare, *La Tempestad,* Madrid, 1924, Colección Universal n.º 935-936, Acto I. *(N. del T.)*

—Mientras hablaba, hubo otro centelleo de gafas, que luego desapareció, al tiempo que la voz se extinguía. Las gafas aparecieron en la mano de Meg. Colocándolas cuidadosamente en el bolsillo de su chaqueta, Meg sintió que el saber que las tenía allí hacía que tuviera un poco menos de miedo.

—Yyo ttenggo unn mannddatto ppara loss ttress —dijo la señora Cuál—. Bbajjad a la ciuddadd. Idd jjunttos. Nno ppermittáiss qque oss sepparenn. Ssedd ffuerttess. —Hubo un destello, que se desvaneció rápidamente. Meg se estremeció.

La señora Qué debió ver el estremecimiento, pues dio a Meg una palmada en el hombro. Luego se volvió hacia Calvin.

—Cuida de Meg.

—Yo puedo cuidar de Meg. Siempre lo he hecho —dijo Charles Wallace, en tono más bien cortante.

La señora Qué miró a Charles Wallace, y su voz chirriante pareció suavizarse y al mismo tiempo hacerse más grave.

—Charles Wallace, aquí el peligro mayor es para ti.

—¿Por qué?

—Debido a lo que eres. Precisamente debido a lo que eres, serás con mucho el más vulnerable. *Debes* permanecer con Meg y Calvin. *No* debes alejarte por tu cuenta. Ten cuidado con el orgullo y la arrogancia, Charles, porque pueden traicionarte.

El tono de voz de la señora Qué, al mismo tiempo amonestador y ominoso, provocó en Meg un nuevo estremecimiento. Y Charles Wallace dio un suave topetazo a la señora Qué, como solía hacer con su madre, susurrando:

—Creo que ahora entiendo lo que dijo acerca de tener miedo.

—Sólo un tonto no tiene miedo —le dijo la señora Qué—. Ahora, marchaos. —Y donde había estado un instante antes, sólo hubo cielo, hierba y una pequeña piedra.

—¡Vamos! —dijo Meg con impaciencia—. ¡Vámonos *ya*! —No advirtió para nada que su voz temblaba como una hoja al viento. Tomando de la mano a Charles Wallace y a Calvin, partió colina abajo.

Abajo se extendía la ciudad, que presentaba un trazado rigurosamente angular. Las casas de los aledaños eran todas exactamente iguales, pequeñas cajas cuadradas pintadas de gris. Cada una tenía al frente una pequeña parcela rectangular de césped, y una hilera de flores mortecinas bordeando en línea recta el sendero hasta la puerta. Meg tuvo la sensación de que si las contara, encontraría que cada casa tenía exactamente el mismo número de flores. Delante de cada casa había niños jugando. Unos saltaban a la comba, otros hacían botar una pelota. Meg sintió vagamente que algo andaba mal en el modo de jugar. Aparentemente estaban jugando exactamente igual que los niños de cualquier urbanización lo harían en la Tierra, y sin embargo había algo diferente en el juego. Miró a Calvin y vio que él también estaba desconcertado.

—¡Mira! —dijo súbitamente Charles Wallace—. ¡Juegan a compás! Cada cual le da a la comba, o hace botar la pelota, exactamente al mismo tiempo.

Así era. Al mismo tiempo que la cuerda golpeaba el pavimento, otro tanto hacía la pelota. Cuando la cuerda estaba sobre la cabeza de la criatura que saltaba, el niño de la pelota cogía la pelota. Bajaban las cuerdas. Bajaban las pelotas. Una y otra vez. Arriba. Abajo. Siempre a compás. Todo idéntico. Como las casas. Como los senderos. Como las flores.

Entonces, las puertas de todas las casas se abrieron simultáneamente, y en cada una apareció una mujer, formando como una hilera de muñecas recortables. Aunque el estampado de cada vestido era diferente, daba la impresión de que todos los vestidos eran el mismo. Cada una de las mujeres se quedó de pie en el umbral de su casa. Cada una golpeó las manos. Cada uno de los niños que jugaban a la pelota cogió su pelota. Cada una de las niñas que saltaban a la comba recogió su cuerda. Todos los niños se volvieron y entraron en sus respectivas casas. Todas las puertas se cerraron simultáneamente tras ellos.

—¿Cómo pueden hacerlo? —preguntó Meg desconcertada—. Nosotros no podríamos, aunque lo intentáramos. ¿Qué querrá decir esto?

—Regresemos. —El tono de Calvin fue urgente.

—¿Regresar? —preguntó Charles Wallace—. ¿Adónde?

—No lo sé. A cualquier parte. A la colina. Con la señora Qué, y la señora Quién, y la señora Cuál. Esto no me gusta.

—Pero si no están allí. ¿Piensas que acudirían si ahora nos volviésemos atrás?

—Esto no me gusta —dijo de nuevo Calvin.

—¡Y *dale*! —La impaciencia era notoria en la voz de Meg—. *Sabes* que no podemos dar marcha atrás. La señora Qué dijo que *entrásemos* en la ciudad. —Empezó a caminar, y los dos chicos la siguieron. Las casas, todas idénticas, continuaban hasta donde alcanzaba la mirada.

De pronto, los tres a un tiempo, vieron algo que les hizo detenerse a mirar. Delante de una de las casas estaba un niño con una pelota, y la hacía botar. Pero lo hacía bastante mal, y sin ningún ritmo en particular; a veces la perdía y corría tras ella desmañada y furtivamente; otras veces la arrojaba hacia arriba y trataba de cogerla al vuelo. La puerta de su casa se abrió, y una de las figuras maternas se precipitó fuera. Miró desatinadamente a un lado y otro de la calle, vio a los chicos y se llevó una mano a la boca como para suprimir un alarido; agarró al niño, y se lanzó con él puertas adentro. La pelota se soltó de los dedos del pequeño y rodó hacia la calle.

Charles Wallace corrió tras ella y la recogió, sosteniéndola para que Calvin y Meg la viesen. Parecía una pelota de goma perfectamente común y corriente.

—Vamos a llevársela, y veamos qué pasa —sugirió Charles Wallace. Meg tiró de él.

—La señora Qué dijo que entrásemos en la ciudad.

—Y bueno. *Estamos* en la ciudad, ¿o no? En los aledaños, en cualquier caso. Quiero saber más acerca de esto. Tengo el presentimiento de que podría resultarnos útil más tarde. Si no queréis venir conmigo, podéis seguir adelante.

—No —dijo con firmeza Calvin—. Vamos a permanecer juntos. La señora Qué dijo que no permitiésemos que nos separasen. Pero estoy de acuerdo contigo. Llamemos a la puerta y veamos qué ocurre.

Marcharon por el sendero hacia la casa, con Meg renuente, deseosa de internarse en la ciudad.

—Démonos prisa —rogó—. ¡Por favor! ¿Es que no queréis que encontremos a papá?

—Sí —dijo Charles Wallace—, pero no a ciegas. ¿Cómo podemos ayudarle sin saber a qué tenemos que hacer frente? Y es obvio que hemos sido traídos aquí para ayudarle, no sólo para encontrarle.

Subió con presteza los escalones y golpeó a la puerta. Aguardaron. No ocurrió nada. Entonces Charles Wallace vio un timbre y lo pulsó. Oyeron el zumbido dentro de la casa, y el sonido del eco que hacía en la calle. Al cabo de un momento, la figura materna abrió la puerta. Y a un lado y otro de la calle se abrieron otras puertas, aunque sólo lo necesario para que otros tantos pares de ojos atisbaran hacia donde se hallaban los chicos y la mujer que les miraba asustada.

—¿Qué queréis? —preguntó la mujer—. Todavía no es hora del periódico; ya ha pasado la hora de la leche; ya hemos recibido la Suscripción de este mes; y he dado regularmente mis Donaciones Adecuadas. Todos mis papeles están en orden.

—Creo que a su niño se le ha perdido la pelota —dijo Charles Wallace, extendiendo un brazo con ella en la mano.

La mujer la hizo a un lado.

—¡De ningún modo! ¡Los niños de nuestra área *jamás* pierden una pelota! Están perfectamente adiestrados. En tres años no hemos tenido una Aberración.

En toda la manzana, las cabezas asintieron aprobando.

Charles Wallace se aproximó a la mujer y miró detrás de ella hacia el interior de la casa. En las sombras divisó al niño, que debía ser más o menos de su edad.

—No puedes entrar —dijo la mujer—. No me has mostrado ningún papel. No estoy obligada a franquearte el paso si no tienes papeles.

Charles Wallace sostuvo la pelota en alto, por encima de la mujer, para que el pequeño pudiera verla. Rápido como un relámpago, el niño dio un salto y arrebató la pelota de la mano de Charles Wallace, regresando como una flecha hacia las sombras. La mujer se puso lívida, y abrió un poco la boca como para decir algo, pero en lugar de ello les cerró la puerta en la narices. A un lado y otro de la calle, todas las puertas se cerraron con violencia.

—¿De qué tienen miedo? ¿Qué demonios les pasa? —preguntó Charles Wallace.

–¿*Tú* no lo sabes? –le preguntó Meg–. ¿No sabes qué significa todo esto, Charles?

–Todavía no –dijo Charles Wallace–. No tengo ni idea. Y lo estoy intentando. Pero no he llegado a ninguna parte. Ni por asomo. Vamos. –Bajó golpeando los escalones.

Después de varias manzanas, las casas fueron sustituidas por bloques de apartamentos; por lo menos, Meg estaba segura de que debían serlo. Eran edificios rectangulares bastante altos, sin adornos de ninguna clase, con cada ventana y cada portal exactamente igual a todos los demás. En ese momento, viniendo hacia ellos calle abajo, apareció un muchacho de aproximadamente la edad de Calvin, montado en una máquina que parecía una combinación de bicicleta y ciclomotor. Era delgada y liviana como una bicicleta, y no obstante, los pedales, al girar, parecían generar una invisible fuente de potencia, de tal modo que el muchacho podía pedalear muy lentamente y sin embargo desplazarse con bastante rapidez a lo largo de la calle. Al llegar al nivel de cada portal, metía una mano en el saco que llevaba colgado del hombro y extraía un rollo de periódico que lanzaba dentro del portal. Podía haber sido Dennys, o Sandy, o uno cualquiera de los cientos de chicos que hacían reparto de periódicos en centenares de poblaciones allá en la Tierra, y sin embargo, al igual que en el caso de los niños que habían visto jugando a la pelota y saltando a la comba, había algo que no funcionaba. El ritmo de los gestos nunca variaba. El periódico describía un arco idéntico en cada portal, aterrizaba exactamente en el mismo punto. Era imposible que alguien lanzara con una precisión tan uniforme.

Calvin silbó.

–¿Jugarán al béisbol, aquí?

Al verles, el muchacho aminoró la marcha de su máquina y paró, con una mano suspendida, como si estuviera por hundirse en el saco de periódicos.

—¿Qué estáis haciendo en la calle, chavales? —preguntó—. Ya sabéis que sólo los chicos repartidores están autorizados para andar fuera ahora.

—No, no lo sabemos —dijo Charles Wallace—. Somos forasteros. ¿Por qué no nos cuentas algo acerca de este lugar?

—¿Quiere decir que habéis hecho procesar vuestros papeles de entrada y todo eso? —preguntó el muchacho—. Así debe ser puesto que estáis aquí —se contestó a sí mismo—. ¿Y qué estáis haciendo aquí, si no sabéis nada de nosotros?

—Cuéntame tú algo —dijo Charles Wallace.

—¿Sois examinadores? —preguntó el muchacho ligeramente inquieto—. Todo el mundo sabe que nuestra ciudad posee el mejor Centro Central de Inteligencia del planeta. Nuestros niveles de producción son los más elevados. Nuestras fábricas nunca cierran; nuestras máquinas nunca paran de funcionar. Además de esto, tenemos cinco poetas, un músico, tres pintores y seis escultores, todos perfectamente encauzados.

—¿De dónde estás citando? —preguntó Charles Wallace.

—Del Manual, por supuesto —dijo el muchacho—. Somos la ciudad más orientada del planeta. No hemos tenido problemas de ninguna clase, durante siglos. Todo Camazotz nos reconoce. Por eso somos la capital de Camazotz. Por eso la Central CENTRAL de Inteligencia tiene su sede aquí. Por eso es que ELLO tiene aquí SU hogar. —Hubo algo en su modo de decir «ELLO» que hizo que un temblor recorriera el espinazo de Meg.

Pero Charles preguntó presuroso:

—¿Dónde está ese Centro de Inteligencia Central vuestro?

—Central CENTRAL —corrigió el muchacho—. Seguid andando, y no tenéis pérdida. ¡Debéis ser forasteros, *realmente*! ¿Qué estáis haciendo aquí?

–¿Te incumbe a ti formular preguntas? –interrogó severamente Charles Wallace.

El muchacho se puso blanco, como se había puesto la mujer.

–Ruego humildemente perdón. Ahora debo continuar mi camino, o tendré que meter un parte de mi horario en el explicador. –Y partió calle abajo, a toda prisa sobre su máquina.

Charles Wallace se le quedó mirando.

–¿Qué pasa? –preguntó a Meg y a Charles–. Había algo extraño en su manera de hablar, como si..., bueno, como si no fuera él realmente el que hablase. ¿Me explico?

Calvin asintió, pensativo.

–Extraño, sí. Sumamente extraño. Pero no sólo su modo de hablar. Todo el asunto apesta.

–*Vamos.* –Meg tironeó de ambos. ¿Cuántas veces les había urgido ya?

–Encontremos a papá. Él nos podrá explicar todo.

Siguieron andando. Después de varias manzanas más empezaron a ver a otras personas, adultos, no niños, que iban, venían o cruzaban las calles. Aquellas personas no les prestaban la menor atención, absortas al parecer en sus propios asuntos. Algunas entraban en los edificios de apartamentos. La mayoría marchaban en la misma dirección que los chicos. Las personas que llegaban a la calle principal desde las laterales, doblaban la esquina de una manera curiosa, automática, como si estuvieran tan sumergidas en sus propios problemas y el camino fuera tan conocido, que no tuvieran que prestar atención a dónde se encaminaban.

Después de un rato, los edificios de apartamentos dejaron lugar a lo que debían ser edificios de oficinas, grandes y austeras estructuras provistas de enormes portaladas. Hombres y mujeres provistos de maletines entraban y salían.

Charles Wallace se dirigió a una de las mujeres, diciéndole cortésmente:

—Disculpe, ¿podría decirme por favor...? —Pero ella apenas le miró, y prosiguió su camino.

—Mirad. —Meg apuntó con el dedo. Enfrente de ellos, sobre el lado opuesto de una plaza, se alzaba el edificio más grande que hubieran visto jamás, más alto que el Empire State Building, y casi tan largo como alto.

—Debe ser ése —dijo Charles Wallace—, su Central CENTRAL de Inteligencia o como sea. Prosigamos.

—Pero si papá está metido en un conflicto con este planeta, ¿no es ahí precisamente donde *no debemos* ir? —objetó Meg.

—Pues, entonces, ¿cómo piensas encontrarle? —interrogó Charles Wallace.

—En todo caso, ¡yo no iría a preguntar *allí*!

—Yo no dije que fuéramos a preguntar. Pero no vamos a tener la menor idea de dónde o cómo empezar a buscarle hasta que no hayamos descubierto algo más acerca de este lugar, y tengo el presentimiento de que ése es el sitio donde empezar. Si tú tienes una idea mejor, Meg, desde luego no tienes más que decirlo.

—¡Oh, ya puedes bajar el gallo! —exclamó Meg, irritada—. Vamos a tu querida Central CENTRAL de Inteligencia y acabemos de una vez.

—Creo que tendríamos que tener pasaportes o algo —sugirió Calvin—. Esto es mucho más que partir de América para ir a Europa. Y tanto a aquel muchacho como a la mujer parecía importarles mucho tener las cosas en orden. Y ciertamente, nosotros no tenemos nada parecido a papeles en orden.

—Si necesitásemos pasaportes o papeles, la señora Qué nos lo habría dicho —dijo Charles Wallace.

Calvin puso los brazos en jarras y miró a Charles Wallace.

—Mira, chaval: yo quiero a esas tres viejecillas tanto como tú, pero no estoy seguro de que lo sepan *todo*.

—Saben mucho más que nosotros.

—De acuerdo. Pero tú sabes que la señora Qué contó que había sido una estrella. No creo que ser una estrella le haya proporcionado mucha práctica en el conocimiento de la gente. Cuando quiso transformarse en persona estuvo muy cerca de convertirse en un esperpento. Nunca ha habido nadie, en el mar o en la tierra, que se pareciera a la señora Qué, tal y como compuso su figura.

—Se estaba divirtiendo —dijo Charles—. Si hubiera querido parecerse a Meg o a ti, estoy seguro que lo hubiera logrado.

Calvin sacudió la cabeza.

—No estoy tan seguro. Y esta gente *parece gente*, no sé si me entiendes. No son como nosotros, de acuerdo, hay en ellos algo que desentona. Pero son mucho más parecidos a la gente común y corriente que los habitantes de Uriel.

—¿Crees que serán robots?

Charles Wallace negó con la cabeza.

—No. El niño que perdió la pelota no era ningún robot. Y tampoco creo que los demás lo sean. Dejadme escuchar un minuto.

Se quedaron muy quietos, uno al lado del otro, a la sombra de uno de los grandes edificios de oficinas. Seis grandes puertas se abrían y cerraban, se abrían y cerraban, mientras las personas entraban y salían, entraban y salían, mirando fijamente hacia adelante, fijamente hacia adelante, sin prestar ninguna atención, ninguna atención a los chicos. Charles tenía el gesto de estar escuchando, sondeando.

—No son robots —dijo de pronto, en tono definitivo—. No estoy seguro de *qué* son, pero no son robots. Percibo una actividad mental. No puedo introducirme en ellos en absoluto, pero percibo una especie de pulsación. Dejadme que lo intente un minuto más.

Los tres permanecieron allí en completo silencio. Las puertas continuaban abriéndose y cerrándose sin cesar, y las personas entraban y salían, entraban y salían, envaradas y deprisa, como personajes de una vieja película muda, y entonces, de manera abrupta, el flujo de movimiento disminuyó. Quedaron solamente unas pocas personas, que se desplazaban con mayor rapidez, como si se hubiera aumentado la velocidad de la película. Un hombre lívido, de traje oscuro, miró directamente a los chicos, dijo «¡Oh, llegaré tarde!», y se precipitó dentro del edificio.

—Parece un conejo blanco —dijo Meg con una risita nerviosa.

—Estoy asustado —dijo Charles—. No puedo conectar con ellos. Estoy completamente bloqueado.

—Tenemos que encontrar a papá —empezó otra vez Meg.

—Meg... —los ojos agrandados de Charles Wallace revelaban temor—, no estoy seguro siquiera de reconocer a papá. Ha pasado tanto tiempo, y yo era apenas un bebé...

Meg no le dejó acabar.

—¡Le reconocerás! ¡Por supuesto que sí! Lo mismo que me reconocerías a mí sin mirarme, porque siempre estoy a tu alcance, tú siempre puedes penetrar...

—Sí. —Charles se golpeó con el pequeño puño la palma de la mano, en un gesto de resolución—. Vamos a la Central CENTRAL de Inteligencia.

Calvin cogió del brazo a Charles y a Meg.

—¿Recordáis que cuando nos encontramos, me preguntasteis por qué estaba allí? ¿Y que yo os dije que era porque había sentido una compulsión, la sensación de que simplemente tenía que estar en aquel preciso lugar en aquel preciso momento?

—Sí, claro.

—Tengo otro presentimiento. No de la misma clase, uno diferente, la sensación de que si entramos en ese edificio correremos un terrible peligro.

7. El hombre de los ojos rojos

—Sabíamos que íbamos a estar en peligro —dijo Charles Wallace—. La señora Qué nos lo dijo.

—Sí, y nos dijo que iba a ser mayor para ti que para Meg y para mí, y que tenías que tener cuidado. Quédate aquí con Meg, chaval, y déjame que yo entre y eche una ojeada, y después os informe.

—No —dijo Charles con firmeza—. Ella dijo que permaneciéramos juntos. Que ninguno se alejara por su cuenta.

—Dijo que *tú* no te alejaras por tu cuenta. Yo soy el mayor, y debo entrar de primero.

—No. —El tono de Meg fue categórico—. Charles tiene razón, Cal. Tenemos que permanecer juntos. ¿Supón que no salieras y tuviéramos que entrar a por ti? ¡Ja! Vamos. Pero cogidos de la mano, si no os importa.

Cogidos de la mano, atravesaron la plaza. El inmenso edificio de la Central CENTRAL de Inteligencia tenía una sola entrada, una puerta enorme, del alto de dos pisos por lo menos, más ancha que una habitación, hecha de un material pesado, semejante al bronce.

—¿Llamamos? —bromeó Meg.

Calvin estudió la puerta.

—No hay ningún tirador, ni aldaba, ni picaporte ni nada. Quizás haya otro modo de entrar.

—Intentemos llamar, de todos modos —dijo Charles. Levantó una mano, pero antes de que tocara la puerta, ésta se deslizó hacia arriba y hacia cada costado, revelando tres hendiduras que un momento antes habían sido completamente invisibles. Ante los sorprendidos chicos apareció un gran vestíbulo de un opaco mármol verdoso. A lo largo de tres de las paredes había bancos de mármol. Las personas sentadas en ellos parecían estatuas. El verde del mármol reflejado en sus rostros les daba una apariencia biliosa. Volvieron las cabezas al abrirse la puerta, miraron a los chicos, y apartaron otra vez la mirada.

—Vamos —dijo Charles Wallace, y entraron los tres, siempre cogidos de la mano. Cuando traspasaron el umbral, la puerta se cerró silenciosamente tras ellos. Meg miró a Calvin y a Charles: los dos mostraban, como las personas que aguardaban, un verde enfermizo.

Se dirigieron hacia la desnuda cuarta pared. Parecía inmaterial, como si se pudiera pasar a través de ella. Charles extendió una mano.

—Es sólida y fría como el hielo.

Calvin también la tocó.

—¡Uy!

Meg estaba asida a Charles con la mano izquierda y a Calvin con la derecha y no sintió ningún deseo de soltar ninguna de las dos para tocar la pared.

—Vamos a preguntar a alguien. —Charles les condujo hacia uno de los bancos—. Este... ¿podría explicarnos cuál es el trámite a seguir? —preguntó a uno de los hombres. Todos los hombres vestían anodinos trajes de calle, y aunque cada uno tenía rasgos diferentes a los de los demás, al igual que en la Tierra, había también una semejanza entre todos.

«Como la semejanza entre la gente que va en el metro», pensó Meg; «sólo que en el metro, de vez en cuando hay alguien diferente, y aquí no».

El hombre miró a los chicos con recelo.

—¿El trámite para qué?

—¿Cómo se llega a la persona responsable? —preguntó Charles.

—Se presentan los papeles a la máquina A. Deberías saberlo —dijo el hombre en tono severo.

—¿Dónde está la máquina A? —preguntó Calvin.

El hombre señaló la pared desnuda.

—Pero no hay puerta, ni nada —dijo Calvin—. ¿Cómo entramos?

—Metiendo los papeles S en la ranura B —dijo el hombre—. ¿Por qué hacéis esas preguntas estúpidas? ¿Pensáis que no me sé las respuestas? Será mejor que aquí no os hagáis los graciosos, o tendréis que pasar de nuevo por la máquina de Procesamiento, y supongo que no querréis hacer *eso*.

—Somos forasteros aquí —dijo Calvin—, por eso ignoramos los procedimientos. Díganos quién es usted y qué hacer, por favor.

—Soy responsable de una máquina deletreadora n.º 1 del nivel de segundo grado.

—Pero ¿qué está haciendo ahora aquí? —preguntó Charles Wallace.

—Estoy aquí para informar que una de mis letras se atasca, y hasta que pueda ser aceitada como corresponde por un aceitador de Grado F, hay riesgo de mentes atascadas.

—Tururú, turututú —murmuró Charles Wallace. Calvin le miró y le hizo un gesto de advertencia con la cabeza. Meg le presionó ligeramente la mano. Charles Wallace, estaba segura, no trataba de ser descortés o de hacerse el gracioso; era su modo de expresar que no sacaba nada en limpio.

El hombre miró severamente a Charles.

–Creo que tendré que informar sobre vosotros. Me gustan los chicos, debido a la naturaleza de mi trabajo, y no me gusta que tengan problemas, pero antes de correr el riesgo de ser procesado yo mismo, será mejor que informe sobre vosotros.

–Tal vez sea una buena idea –dijo Charles–. ¿Y a quién va a pasarle el dato?

–A quién voy a *informar*, dirás.

–Está bien, a informar, pues. Todavía no estoy en el nivel de segundo grado.

«Ojalá no actuara con tanta suficiencia», pensó Meg, mirando ansiosamente a Charles, y apretándole la mano cada vez con más fuerza, hasta que él retorció los dedos como protesta. «Eso es lo que la señora Qué le dijo que tenía que vigilar, el ser arrogante. ¡Por favor, no!», pensó con fervor, dirigiendo su pensamiento a Charles Wallace. Se preguntó si Calvin se daba cuenta de que aquella arrogancia era en gran parte una baladronada.

El hombre se puso de pie con dificultad, como si hubiera estado sentado demasiado tiempo.

–Espero que no os resulte demasiado duro –murmuró, mientras conducía a los chicos hacia la cuarta pared vacía–. Pero yo fui reprocesado una vez, y con eso tuve más que suficiente. Y no quiero ser enviado ante ELLO. Nunca he sido enviado ante ELLO, y no puedo arriesgarme a que eso ocurra.

De nuevo aparecía ELLO. ¿Qué era aquel ELLO?

El hombre sacó del bolsillo una carpeta llena de papeles de diversos colores. Hurgó cuidadosamente entre ellos, extrayendo finalmente uno.

–He tenido que hacer varios informes últimamente. Tendré que hacer un pedido de tarjetas

A/21. –Cogió la tarjeta y la apoyó de canto contra la pared.

Se deslizó dentro del mármol, como si hubierta sido absorbida, y desapareció.

–Quizás permanezcáis detenidos por algunos días –dijo el hombre–, pero no creo que sean demasiado duros con vosotros, debido a vuestra edad. –Regresó a su asiento, dejando a los chicos de pie contemplando absortos la pared desnuda.

Y de pronto la pared ya no estaba allí, y se encontraron mirando el interior de un enorme recinto con máquinas alineadas. Su aspecto era semejante al de las grandes computadoras que Meg había visto en sus libros de ciencias, y con las que sabía que su padre había trabajado a veces. Algunas parecían no hallarse en funcionamiento; en otras había luces que se encendían y se apagaban. Una de las máquinas se estaba tragando una larga cinta; otra imprimía una serie de puntos y rayas. Varios asistentes de túnica blanca iban de un lado a otro atendiendo a las máquinas. Si veían a los chicos, no daban señal de ello.

Calvin murmuró algo.

–¿Qué? –le preguntó Meg.

–No hay nada que temer, excepto al propio miedo –dijo Calvin–. Estoy citando. Como la señora Quién. Meg, tengo un susto de muerte.

–Yo también. –Meg le apretó la mano con más fuerza–. Vamos.

Entraron en el recinto de las máquinas. A pesar de lo enorme de su anchura, era todavía más largo que ancho. La perspectiva hacía que las largas hileras de máquinas parecieran casi juntarse a la distancia. Los chicos fueron hasta el centro del recinto, manteniéndose lo más posible alejados de las máquinas.

–Aunque no creo que sean radioactivas ni nada –dijo Charles Wallace–, o que vayan a estirarse y cogernos para triturarnos.

Después de haber andado lo que parecieron varias millas, comprobaron que el enorme recinto tenía realmente un final, y que al final había algo.

Charles Wallace dijo súbitamente, con pánico en la voz:

–¡No me soltéis las manos! ¡Agarradme fuerte! ¡Está tratando de arrastrarme!

–¿Quién? –chilló Meg.

–No lo sé. ¡Pero está tratando de arrastrarme! ¡Le estoy sintiendo!

–Retrocedamos. –Calvin empezó a tirar hacia atrás.

–No –dijo Charles Wallace–. Tengo que seguir. Tenemos que tomar decisiones, y no podemos tomarlas basadas en el miedo. –Su voz sonó adulta, extraña y remota. Meg, aferrando estrechamente su pequeña mano, la sintió sudorosa en la suya.

A medida que se fueron acercando al final del recinto, sus pasos se fueron haciendo más lentos. Ante ellos había una plataforma. Sobre la plataforma había un asiento, y en el asiento había un hombre.

¿Qué era lo que había en aquel hombre, que parecía contener toda la frigidez y oscuridad que habían experimentado mientras atravesaban la Cosa Negra, en camino hacia aquel planeta?

–Os he estado esperando, queridos míos –dijo el hombre. Su tono fue amable y cortés, no el tono frío y amenazador que Meg hubiera esperado. Le llevó un momento darse cuenta de que, aunque la voz provenía del hombre, éste no había abierto la boca ni movido en absoluto los labios, que no había habido palabras realmente pronunciadas que pudieran alcanzar sus oídos, que el hombre se había comunicado directamente con sus mentes.

–¿Pero cómo ha ocurrido que seáis tres? –preguntó el hombre.

Charles Wallace habló con gran desparpajo, pero Meg le sentía temblar.

—Oh, Calvin nos acompañó por dar un paseo.

—Ah, ¿con que sí, eh? —Por un instante, hubo acritud en la voz que hablaba dentro de sus mentes—. Espero que hasta ahora haya sido un paseo agradable.

—Muy educativo —dijo Charles Wallace.

—Deja que Calvin hable por sí mismo —ordenó el hombre.

Calvin gruñó, con los labios tensos y el cuerpo rígido:

—No tengo nada que decir.

Meg contemplaba al hombre fascinada de horror. Sus ojos eran claros y despedían un resplandor rojizo. Sobre su cabeza había una luz que brillaba del mismo modo que los ojos, con una pulsación intermitente y sostenida.

Charles Wallace cerró los ojos con fuerza.

—Cerrad los ojos —les dijo a Meg y a Calvin—. No miréis la luz. No le miréis los ojos. Quiere hipnotizaros.

—¿Eres listo, eh? Que mirarais fijamente sería una ayuda, desde luego —prosiguió la sedante voz—, pero hay otros métodos, hombrecito. Oh, sí, existen otros métodos.

—¡Si lo intenta conmigo le patearé! —exclamó Charles Wallace. Era la primera vez que Meg oía a Charles Wallace insinuar la violencia.

—Oh, ¿de veras lo harías, hombrecito? —El mensaje mental sonaba tolerante, divertido, pero cuatro hombres en bata negra aparecieron y rodearon a los chicos.

—Bien, queridos míos —prosiguieron las palabras—, por supuesto no tendré necesidad de recurrir a la violencia, pero pensé que tal vez os ahorraría problemas si os demostrase de una vez que no os serviría de nada intentar oponeros a mí. Pronto os daréis cuenta de que no hay necesidad de combatirme. No sólo no hay necesidad, sino que no tendréis el menor deseo de hacerlo. Pues ¿por qué habríais de desear combatir contra alguien que está aquí únicamente para ahorraros sufrimiento y problemas? Por vosotros, así como por el resto de los felices e industriosos habitantes de este planeta, *yo*, basado en mi propio poder, estoy dispuesto a asumir todo el sufrimiento, toda la responsabilidad, toda la carga de pensar y tomar decisiones.

—Nosotros tomaremos nuestras propias deci-siones, gracias —dijo Charles Wallace.

—Por *supuesto.* Y nuestras decisiones, la vuestra y la mía, serán una sola. ¿No véis cuánto mejor, cuánto más *fácil* es esto para vosotros? Permitidme demostrarlo. Recitemos juntos la tabla de multiplicar.

—No —dijo Charles Wallace.

—Uno por uno es uno. Uno por dos, dos. Uno por tres, tres.

—¡Mary tenía un corderillo! —gritó Charles Wallace—. ¡Su lana era blanca como la nieve!

—Uno por cuatro es cuatro. Uno por cinco, cinco. Uno por seis, seis.

—¡Y el cordero iba con Mary a todas partes!

—Uno por siete, siete. Uno por ocho, ocho. Uno por nueve, nueve.

—¡Un águila y un león, y un escarabajo blanco, se pusieron a jugar a la sombra de un barranco!

—Uno por diez, diez. Uno por once, once. Uno por doce, doce.

Los números resonaban con insistencia en la mente de Meg. Parecían taladrarle el cerebro.

—Dos por uno, dos. Dos por dos, cuatro. Dos por tres, seis.

Surgió la voz de Calvin, gritando iracundo:

—¡Hace ochenta y siete años nuestros antecesores crearon en este continente una nueva nación, concebida en la libertad, y consagrada al credo de que todos los hombres nacen iguales!

—Dos por cuatro, ocho. Dos por cinco, diez. Dos por seis, doce.

—¡Papá! —gritó Meg—. ¡Papá! —El grito, a medias involuntario, arrancó a su mente de la oscuridad.

Las palabras de la tabla de multiplicar parecieron disolverse en una carcajada.

—¡Espléndido! ¡Espléndido! Habéis pasado vuestra prueba preliminar a banderas desplegadas.

—No habrá pensado que íbamos a caer tan fácilmente empleando ese viejo truco, ¿verdad? —dijo Charles Wallace.

—Ah, esperaba que no. Sinceramente, esperaba que no. Pero después de todo sois muy jóvenes, y muy impresionables, y cuanto más jóvenes mejor, hombrecito. Cuanto más jóvenes mejor.

Meg levantó la vista para mirar aquellos ojos terribles, aquella luz pulsátil encima de ellos, y desvió la mirada. Trató de mirar la boca, los labios delgados y casi descoloridos, y esto le resultó más factible, aunque tuvo que hacerlo de soslayo, de manera que no pudo estar completamente segura de la verdadera apariencia del rostro, si era joven o viejo, cruel o bondadoso, humano o no.

—Por favor —dijo, tratando de sonar serena y decidida—, por la única razón que estamos aquí es porque pensamos que aquí está nuestro padre. ¿Puede usted decirnos dónde encontrarle?

—¡Ah, vuestro padre! —La voz resonó con deleite—. ¡Ah, sí, vuestro padre! No se trata de si *puedo*, ¿sabes, jovencita?, sino de si *quiero*.

—¿Querría usted, entonces?

—Eso depende de varias cosas. ¿Por qué quieres ver a tu padre?

—¿Usted nunca ha tenido un padre? —preguntó Meg—. No hay una *razón* para querer verle. Quieres verle porque es *tu* padre.

—Ah, pero últimamente no ha estado *ac-*

tuando mucho como un padre, ¿no es así? Abandonando a su mujer y a sus cuatro niños pequeños para entregarse a sus propias y osadas aventuras por ahí.

—Estaba trabajando para el Gobierno. De no ser así, jamás se hubiera alejado de nosotros. Y por favor, queremos verle. Enseguida.

—¡Vaya, la señorita es impaciente! Paciencia, paciencia, jovencita.

Meg no le dijo al hombre del asiento que la paciencia no era una de sus virtudes.

—Y por cierto, chicos —prosiguió él, en tono lisonjero—, no es necesario que conmigo vocalicéis verbalmente, ya sabéis. Puedo entenderos tan bien como vosotros me entendéis a mí.

Charles Wallace puso los brazos en jarras, desafiante.

—La palabra hablada es uno de los triunfos del hombre —proclamó— y pienso continuar utilizándola, especialmente con gente en la que no confío. —Pero su voz temblaba. Charles Wallace, que incluso de pequeñuelo había llorado rara vez, estaba al borde de las lágrimas.

—¿Y tú no confías en mí?

—¿Qué motivos nos ha dado para que confiemos en usted?

—¿Qué motivos os he dado para *des*confiar? —Los finos labios se curvaron ligeramente.

De pronto, Charles Wallace saltó hacia adelante y golpeó al hombre con todas sus fuerzas, que eran bastantes, pues los mellizos le habían entrenado con frecuencia.

—¡Charles! —gritó Meg.

Los hombres de guardapolvo oscuro se movieron sin brusquedad pero prestamente hacia Charles. El hombre del asiento levantó displicentemente un dedo, y los hombres retrocedieron.

—¡Quieto! —susurró Calvin, y él y Meg se

precipitaron hacia Charles Wallace, obligándole a bajar de la plataforma.

El hombre dio un respingo, y su voz mental sonó un poco sofocada, como si el puñetazo de Charles Wallace hubiera conseguido sacudirle.

–¿Puedo preguntar por qué has hecho eso?

–Porque usted no es usted –dijo Charles Wallace–. No estoy seguro de lo que usted es, pero usted –señaló al hombre del asiento– no es el que nos está hablando. Disculpe si le he hecho daño. No creí que fuera real. Pensé que tal vez fuera usted un robot, porque no siento nada que provenga directamente de usted. No estoy seguro en cuanto a de dónde viene, pero llega *a través* suyo. No es usted.

–Eres muy listo, ¿verdad? –preguntó la voz mental, y Meg experimentó la molesta sensación de que detectaba una burla.

–No se trata de que sea listo –dijo Charles Wallace, y de nuevo Meg sintió el sudor en la palma de la mano que apretaba en la suya.

–Procura averiguar quién soy, pues –sugirió el pensamiento.

–Lo he estado intentando –dijo Charles Wallace, en tono agudo y preocupado.

–Mírame a los ojos. Mira profundamente en ellos y te lo diré.

Charles Wallace miró fugazmente a Meg y a Calvin y luego dijo, como si hablara para sí:

–Tengo que hacerlo. –Y enfocó sus ojos azul celeste en los ojos rojizos del hombre en el asiento. Meg no miraba al hombre, sino a su hermano. Al cabo de un momento, pareció que sus ojos ya no enfocaban. Las pupilas se hicieron cada vez más pequeñas, como si Charles estuviera mirando una luz intensamente brillante, hasta que parecieron cerrarse por completo, hasta que sus ojos no fueron más que de un opaco azul. Deslizó las manos de las de Meg y Calvin, y empezó a andar lentamente hacia el hombre del pedestal.

—¡No! —gritó Meg—. ¡No!

Pero Charles Wallace continuó su lenta marcha hacia adelante, y ella comprendió que no la estaba oyendo.

—¡No! —volvió a gritar, y corrió tras él. Su inexperta acometida por los aires la hizo aterrizar sobre Charles. Al ser ella mucho más grande que él, el pequeño cayó con los brazos y las piernas extendidas, golpeándose la cabeza fuertemente contra el mármol del piso. Meg se arrodilló a su lado, sollozando. Después de permanecer un momento tendido en el suelo como si hubiera quedado inconsciente por el golpe, Charles abrió los ojos, sacudió la cabeza y se sentó. Lentamente, sus pupilas se fueron dilatando hasta volver a su tamaño normal, y el color volvió a sus pálidas mejillas.

El hombre del asiento habló directamente dentro de la mente de Meg, y esta vez hubo un tono claramente amenazante en sus palabras.

—No estoy complacido con vosotros —le dijo—. Podría fácilmente perder la paciencia con vosotros, y eso, para tu información, jovencita, no sería bueno para tu padre. Si tenéis el menor deseo de ver de nuevo a vuestro padre, será mejor que cooperéis.

Meg reaccionó tal como reaccionaba a veces en el colegio con el señor Jenkins. Se quedó mirando al suelo con el ceño fruncido, con furia reconcentrada.

—Sería bueno que nos diese algo de comer —se quejó—. Estamos muertos de hambre. Si nos va a dar un tratamiento horrible, podría al menos llenarnos el estómago primero.

El mensaje mental volvió al tono festivo.

—¡Vaya que es graciosa, la niña! Tienes suerte de que me diviertes, mi querida, si no, no sería tan condescendiente contigo. A los varones no los encuentro tan divertidos. Ah, bien. Ahora dime, jovencita, si os doy de comer, ¿dejaréis de ponerme obstáculos?

—No —dijo Meg.

—El hambre hace milagros, desde luego —le dijo el hombre—. Deploro utilizar con vosotros métodos tan primitivos, pero por supuesto te darás cuenta de que me forzáis a ello.

—De todos modos, yo no probaría su comida rancia. No le tendría confianza. —Meg seguía agitada y furiosa, como si estuviera en el despacho del señor Jenkins.

—Claro que nuestra comida, siendo sintética, no es superior a vuestros entreveros de habichuelas y tocino y demás, pero te aseguro que es mucho más nutritiva, y si bien no tiene gusto propio, un leve condicionamiento es todo lo que se necesita para darte la ilusión de que estás cenando pavo asado.

—Si comiera ahora, vomitaría, de todos modos —dijo Meg.

Tomando aún la mano de Meg y Calvin, Charles Wallace dio un paso adelante.

—Pues bien, ¿qué viene ahora? —le preguntó al hombre del asiento—. Ya hemos tenido suficiente con estos preliminares. Propongo que sigamos adelante.

—Eso es precisamente lo que estábamos haciendo, hasta que tu hermana se interpuso causándote casi una conmoción cerebral. ¿Lo intentamos otra vez? —dijo el hombre.

—¡No! —gritó Meg—. No, Charles. *Por favor.* Déjame hacerlo a mí. O a Calvin.

—Pero es que sólo el pequeño posee un sistema neurológico suficientemente complejo. Si vosotros trataseis de poner en juego la conductancia de las neuronas precisas, os explotaría el cerebro.

—¿Y a Charles no?

—Creo que no.

—¿Pero existe la posibilidad?

—Siempre existe una posibilidad.

—Entonces no debe hacerlo.

—Creo que tendréis que concederle el derecho a tomar sus propias decisiones.

Pero Meg, con la inflexible tenacidad que tan a menudo le había causado problemas, continuó:

—¿Quiere usted decir que ni Calvin ni yo podemos saber quién es usted realmente?

—Oh, no, no he dicho eso. Vosotros no podéis averiguarlo de la misma manera, ni es tan importante para mí que lo sepáis. ¡Ah, aquí está! —De algún lugar en las sombras aparecieron otros cuatro hombres de túnica oscura portando una mesa. Estaba cubierta con un paño blanco, como las mesas utilizadas en los hoteles por el Servicio de Habitaciones, y sostenía un recipiente de metal, caliente, que contenía algo que olía deliciosamente, algo que olía a pavo asado.

«Toda esta presentación tiene algo de falso», pensó Meg. «Decididamente, algo huele a podrido en Camazotz».

De nuevo la mente pareció romper a reír.

—Desde luego, no *huele* realmente, pero ¿no es tan bueno como si de veras oliese?

—Yo no huelo nada —dijo Charles Wallace.

—Lo sé, jovencito, y piensa cuánto te estás perdiendo. A ti todo esto te sabrá como si estuvieras comiendo arena. Pero te sugiero que lo tragues. No quisiera que tus decisiones respondieran a la debilidad de un estómago vacío.

La mesa fue colocada ante ellos, y los hombres de bata oscura llenaron sus platos con pavo adobado, y puré de patatas, y salsa y pequeños guisantes con amarillos trozos de mantequilla derritiéndose sobre ellos, y arándanos y batatas cubiertas por una viscosa gelatina color castaña, y olivas, y apio, y rabanillos, y...

Meg sintió que su estómago rugía audiblemente. La saliva le inundó la boca.

—¡Oh, Dios mío...! —musitó Calvin.

Aparecieron sillas, y los cuatro hombres que habían dispuesto el festín se deslizaron de nuevo hacia las sombras.

Charles Wallace liberó sus manos de las de Meg y Calvin, y se dejó caer pesadamente en una de las sillas.

—Adelante —dijo—. Si está envenenada, está envenenada, pero no lo creo.

Calvin tomó asiento. Meg permanecía de pie, indecisa.

Calvin probó un bocado. Masticó. Tragó. Miró a Meg.

—Si no es real, es la mejor imitación que conseguirás nunca.

Charles Wallace tomó un bocado, hizo una mueca, y escupió.

—¡No es justo! —exclamó, dirigiéndose al hombre.

Otra vez la risa.

—Continúa, pequeñuelo. Come.

Meg suspiró y se sentó.

—Creo que no deberíamos comer esto, pero si vosotros lo hacéis, será mejor que yo también. —Probó un bocado—. Sabe muy bien. Prueba un poco de lo mío, Charles. —Le alcanzó un tenedor con pavo.

Charles Wallace lo tomó, hizo otra mueca, pero consiguió tragarlo.

—Sigue sabiendo a arena —dijo—. ¿Por qué? —añadió, mirando al hombre.

—Sabes perfectamente por qué. Has cerrado completamente tu mente para mí. Los otros dos no pueden. Puedo introducirme por los resquicios. No meterme del todo, pero sí lo suficiente como para proporcionarles una cena de pavo. ¿Sabes?, yo no soy más que un bondadoso y alegre caballero antiguo.

—Ja, ja —dijo Charles Wallace.

El hombre frunció los labios en una sonrisa, y su sonrisa fue la cosa más horrible que Meg hubiera visto nunca.

—¿Por qué no confías en mí, Charles? ¿Por qué no confías en mí lo suficiente como para venir y averiguar quién soy? Yo soy la paz y el descanso absoluto. Significo la liberación de toda responsabilidad. Venir a mí es la última decisión difícil que necesitas adoptar.

—Si entrase, ¿podría salir de nuevo? —preguntó Charles Wallace.

—Por supuesto, si quisieras. Pero no creo que lo quisieras.

—Si entrase, no para quedarme, se entiende, sólo para saber de usted, ¿nos diría dónde está papá?

—Sí. Os lo prometo. Y yo no formulo promesas a la ligera.

—¿Puedo hablar a solas con Meg y Calvin, sin que usted se inmiscuya?

—No.

Charles se encogió de hombros.

—Escuchad —les dijo a Meg y a Calvin—. Tengo que descubrir lo que él es realmente. Lo sabéis. Voy a tratar de sujetarme. Intentaré mantener fuera una parte de mí. No debes detenerme esta vez, Meg.

—¡Pero no vas a poder, Charles! ¡El es más fuerte que tú! ¡Lo sabes!

—Tengo que intentarlo.

—¡Pero la señora Qué te previno!

—Tengo que intentarlo. Por papá, Meg. Por favor. Quiero..., quiero conocer a mi padre...

Por un instante, sus labios temblaron. Luego recobró el control.

—Pero no es únicamente papá, Meg. Ahora

lo sabes. Es la Cosa Negra. Tenemos que hacer lo que la señora Cuál nos ha enviado a hacer.

—Calvin... —imploró Meg.

Pero Calvin sacudió la cabeza.

—El tiene razón, Meg. Y nosotros estaremos con él, pase lo que pase.

—Pero ¿qué va a pasar? —gimió Meg.

Charles Wallace elevó la mirada hacia el hombre.

—Bueno —dijo—, adelante.

De inmediato, los ojos rojos y la luz sobre ellos parecieron horadar a Charles, y de nuevo las pupilas del pequeño se contrajeron. Cuando la última mota de negro se hubo disipado en el azul, dio la espalda a los ojos rojos, miró a Meg y sonrió dulcemente, pero la sonrisa no fue la sonrisa de Charles Wallace.

—Anda, Meg, toma esta deliciosa comida que nos han preparado —dijo.

Meg se apoderó del plato de Charles Wallace y lo arrojó al suelo, con lo que la comida se desparramó y el plato se hizo añicos.

—¡No! —gritó con voz chillona—. ¡No! ¡No! ¡No!

De las sombras surgió uno de los hombres de bata oscura, y colocó otro plato delante de Charles Wallace, que empezó a comer con avidez.

—¿Cuál es el problema, Meg? —preguntó—. ¿Por qué te muestras tan beligerante y poco cooperativa? —La voz era la de Charles Wallace, y sin embargo era a la vez diferente, algo achatada, casi como podría haber sonado una voz en el planeta bidimensional.

Meg se asió frenéticamente a Calvin, exclamando a gritos:

—¡Ese no es Charles! ¡Charles se ha ido!

8. La columna transparente

Allí estaba Charles Wallace, devorando pavo adobado como si fuera la cosa más deliciosa que hubiese probado nunca. Estaba vestido como Charles Wallace; tenía la apariencia de Charles Wallace; tenía el mismo cabello castaño arenoso, la misma cara que todavía no había perdido la redondez de cara de los bebés. Sólo sus ojos eran diferentes, pues lo negro seguía estando absorbido por el azul. Pero era mucho más que esto lo que hacía sentir a Meg que Charles Wallace estaba ausente, que el pequeño que ocupaba su lugar era sólo una copia de Charles Wallace, sólo un muñeco.

Luchó por reprimir un sollozo.

–¿Dónde está? –interrogó al hombre de los ojos rojos–. ¿Qué ha hecho usted con él? ¿Dónde está Charles Wallace?

–Pero mi querida niña, estás histérica –le dijo mentalmente el hombre–. Si está ahí, delante tuyo, feliz y contento. Completamente feliz y contento por primera vez en su vida. Y está acabando su plato, cosa que harías bien en hacer también tú.

–¡Usted sabe que no es Charles! –gritó Meg–. De alguna manera, usted le tiene cogido.

–¡Chito, Meg! Es inútil tratar de hablarle –dijo Calvin, hablándole en voz baja al oído–. Lo que tenemos que hacer es sujetar firmemente a Charles Wallace. En alguna parte, ahí adentro, se encuentra él, y no debemos permitirles que nos lo arrebaten. Ayúdame a sujetarle, Meg. No te descontroles ahora. ¡Tienes que ayudarme a sujetar a Charles! –cogió firmemente de un brazo al pequeño.

Dominando su histeria, Meg cogió a Charles del otro brazo y lo apretó estrechamente.

–¡Me estás haciendo daño, Meg! ¡Suéltame! –dijo Charles con viveza.

–No –dijo inflexible Meg.

–Estábamos totalmente despistados. Él no es de ningún modo un enemigo. Es nuestro amigo. –La voz de Charles Wallace, pensó Meg, podía haber sido una grabación. Tenía algo de artificioso.

–¡Quiá! –dijo Calvin con brusquedad.

–Es que no comprendes, Calvin –dijo Charles Wallace–. La señora Qué, la señora Quién y la señora Cuál, nos han confundido. En realidad, nuestros enemigos son ellas. Jamás debimos confiar en ellas, ni por un instante. –Hablaba empleando su tono más calmoso, más razonable, el tono que enfurecía a los mellizos. Mientras hablaba, parecía estar mirando directamente a Calvin, pero Meg estaba segura de que aquellos suaves ojos azules no veían, y de que alguien, otra cosa, estaba mirando a Calvin a través de Charles.

Los fríos y extraños ojos se volvieron ahora hacia ella.

–Meg, suéltame. Te lo explicaré todo, pero tienes que soltarme.

–No. –Meg apretó los dientes. No le soltó, y Charles Wallace empezó a tironear para librarse de ella con una fuerza que no era suya; la fuerza de la alta y espigada Meg no podía comparársele.

–¡Calvin! –jadeó la muchacha, mientras Charles liberaba su brazo y se ponía de pie.

Calvin el atleta, Calvin el muchacho que

partía leña y se la llevaba a su madre, cuyos músculos eran poderosos y obedientes, soltó la muñeca de Charles Wallace y le agarró firmemente como si fuera una pelota de rugby. Meg, movida por el pánico y la rabia, se precipitó hacia el hombre del asiento con el propósito de golpearle como había hecho Charles Wallace, pero los hombres de bata oscura fueron demasiado rápidos para ella, y uno de ellos la sostuvo con los brazos sujetos a la espalda.

—Calvin, te aconsejo que me sueltes —salió la voz de Charles Wallace de debajo de Calvin.

Calvin, con una mueca de inflexible determinación en el semblante, no aflojó. El hombre de los ojos rojos hizo una señal afirmativa, y tres de los hombres avanzaron sobre Calvin (al menos eran necesarios tres), le separaron de Charles, y le mantuvieron sujeto del mismo modo que a Meg.

—¡Señora Qué! —llamó Meg con desesperación—. ¡Oh, señora Qué!

Pero la señora Qué no se presentó.

—Meg —dijo Charles Wallace—. Meg, escúchame un poco.

—Está bien. Te estoy escuchando.

—Ya te he dicho que hemos estado despistados; no hemos entendido. Hemos estado luchando contra nuestro amigo, y amigo de papá.

—Cuando papá me diga que él es amigo nuestro, puede ser que lo crea. Puede ser. A menos que tenga a papá bajo..., bajo un hechizo, o lo que sea, como a ti.

—Esto no es un cuento de hadas. Hechizos... ¿pero es posible? —dijo Charles Wallace—. Meg, tienes que dejar de luchar, y distenderte. Relájate y sé feliz. Oh, Meg, si te relajaras, te darías cuenta de que todos nuestros problemas se han acabado. No te das cuenta a qué maravilloso lugar hemos venido. En este planeta, todo está en perfecto orden porque todo el mundo ha aprendido a relajarse, a ceder, a someterse. Lo único que tienes que hacer es mirar tranquila y firmemente a los ojos a nuestro buen amigo, pues él es nuestro amigo, querida hermana, y te seducirá como me ha seducido a mí.

—¡Seducido, sí! —dijo Meg—. Tú sabes que no eres tú mismo. Sabes que jamás en tu vida me has llamado *querida hermana*.

—Cállate un momento —le susurró Calvin. Alzó la vista en dirección al hombre de los ojos rojos.

—Muy bien: haga que sus esbirros nos suelten, y cese de hablarnos a través de Charles. Sabemos que quien habla es usted, o lo que quiera que sea que habla a través suyo. En todo caso, sabemos que tiene hipnotizado a Charles.

—Una manera sumamente primitiva de expresarlo —murmuró el hombre de los ojos rojos. Hizo un leve ademán con un dedo, y Meg y Calvin fueron liberados.

—Gracias —dijo Calvin con sarcasmo—. Pues bien, si usted es amigo nuestro, ¿nos va a decir quién, o qué es usted?

—No es necesario que sepáis quién soy. Soy el Coordinador Principal, eso es todo lo que necesitáis saber.

—Pero están hablando a través suyo, ¿no es así?, lo mismo que hacen con Charles Wallace. ¿Está usted también hipnotizado?

—Ya os he dicho que ese era un término muy primitivo, sin las adecuadas connotaciones.

—¿Es usted quien va a llevarnos con el señor Murry?

—No. No es necesario, ni posible, que yo abandone este lugar. Charles Wallace os conducirá.

—¿Charles Wallace?

—Sí.

—¿Cuándo?

—Ahora. —El hombre de los ojos rojos efectuó la mueca intimidante que en él pasaba por sonrisa–. Sí, creo que bien podría ser ahora.

Charles Wallace hizo un ligero movimiento con la cabeza, diciendo «Vamos», y comenzó a andar de un modo extraño, deslizante, mecánico. Calvin le siguió. Meg vaciló, mirando del hombre de los ojos rojos a Charles, y de éste a Calvin. Tuvo deseos de extender el brazo y coger la mano de Calvin, pero le pareció que desde que había empezado a viajar había estado buscando una mano de la que asirse, de manera que enfundó las manos en los bolsillos y se puso a andar detrás de los dos chicos. «Tengo que ser valiente», se dijo a sí misma. «*Y lo seré*».

Bajaron por un largo pasillo blanco, al parecer interminable. Charles Wallace continuó con el ritmo espasmódico de su andar, y no se volvió ni una vez para ver si los otros le acompañaban.

De pronto Meg dio una carrerilla y alcanzó a Calvin.

–Cal –dijo–, escucha. Rápido. Acuérdate que la señora Qué dijo que tu don era la comunicación, y que aquello era lo que te ofrecía. Hemos estado intentando luchar con Charles físicamente, y no ha servido de nada. ¿No puedes intentar comunicarte con él? ¿No puedes tratar de penetrar en él?

–Por Dios, tienes razón. –El rostro de Calvin se iluminó de esperanza, y sus ojos, que habían estado sombríos, recobraron el brillo habitual.

–¡Ha habido tal mareo que...! Puede que sea inútil, pero por lo menos puedo intentarlo. –Apresuraron el paso, hasta ponerse a nivel con Charles Wallace. Calvin hizo ademán de tomarle del brazo, pero él le hizo un quite.

–Déjame en paz –refunfuñó.

–No voy a hacerte daño, chaval –dijo Calvin–. Sólo intento ser amigable. Hagamos las paces, ¿eh?

—¿Quiere decir que habéis cambiado de opinión? —preguntó Charles Wallace.

—Así es. —El tono de Calvin era marrullero—. Después de todo, somos personas razonables. Mírame un momento, Charlibus.

Charles Wallace se detuvo y se volvió lentamente para mirar a Calvin con sus ojos fríos y sin expresión. Calvin le miró a su vez, y Meg percibió la intensidad de su concentración. Un enorme estremecimiento sacudió a Charles Wallace. Por un breve instante pareció que sus ojos veían. Después todo su cuerpo giró violentamente y se puso rígido. Empezó a caminar de nuevo, con su andar de marioneta.

—Debía haberme dado cuenta —dijo—. Si quieres ver a Murry, será mejor que vengas conmigo y no intentes ningún otro truco.

—¿Es así como llamas a tu padre?... ¿Murry? —preguntó Calvin. Meg advirtió que estaba enojado y alterado por haber fracasado apenas.

—¿Padre? ¿Qué es un padre? —entonó Charles Wallace—. Simplemente otra concepción errónea. Si sientes necesidad de un padre, te sugiero dirigirte a ELLO.

Otra vez ELLO.

—¿Quién es ese ELLO? —preguntó Meg.

—Todo a su tiempo —dijo Charles Wallace—. Aún no estáis preparados para ELLO. Antes de nada os contaré algo acerca de este hermoso y esclarecido planeta, Camazotz. —Su voz adquirió la tonalidad seca y pedante del señor Jenkins—. Quizás no os déis cuenta de que en Camazotz nos hemos librado de las enfermedades, las deformaciones...

—¿*Nos*? —interrumpió Calvin.

Charles continuó como si no hubiese oído. Y ciertamente no había oído, pensó Meg.

—No dejamos que nadie sufra. Es mucho más considerado eliminar, sencillamente, a quien está enfermo. Nadie pasa semanas y semanas con la nariz moqueando y la garganta dolorida. En lugar de hacerles soportar ese malestar, simplemente se les pone a dormir.

—¿Quieres decir que son puestos a dormir mientras les dure el resfriado, o que son asesinados? —preguntó Calvin.

—Asesinato es un término sumamente primitivo —dijo Charles Wallace—. En Camazotz no existe nada semejante al asesinato. ELLO se ocupa de esas cosas. —Con su andar espasmódico se aproximó a la pared del pasillo, se detuvo un momento, y luego alzó una mano. La pared produjo un destello, tembló, y se hizo transparente. Charles Wallace la atravesó, hizo una seña llamando a Meg y a Calvin, y éstos le siguieron. Se encontraron en una pequeña habitación cuadrada que irradiaba una opaca luz sulfurosa. Meg encontró algo ominoso en la propia compacidad de la habitación, como si las paredes, el techo y el piso pudieran juntarse y aplastar a cualquiera que fuese lo bastante imprudente como para entrar en ella.

—¿Cómo has hecho eso? —le preguntó Calvin a Charles.

—¿Hecho qué?

—Que la pared..., diera paso..., de ese modo.

—Simplemente reordenando los átomos —dijo Charles Wallace en tono de suficiencia—. Tú has estudiado los átomos en el colegio, ¿no es cierto?

—Sí, pero...

—Entonces has aprendido lo bastante como para saber que la materia no es sólida, ¿no es así? Que tú mismo, Calvin, estás constituido en tu mayor parte por espacio vacío. Que si toda la materia de que estás hecho se juntara, tendrías el tamaño de la cabeza de un alfiler. Eso es un hecho científico, ¿o no?

—Sí, pero...

—Así que yo simplemente hice a un lado los átomos, y pasamos a través del espacio entre ellos.

El estómago de Meg pareció empujar hacia abajo, y ella comprendió que la caja cuadrada en la que se encontraba debía de ser un ascensor, y se dio cuenta de que habían empezado a moverse hacia arriba a gran velocidad. La luz amarilla iluminaba sus rostros, y el azul claro de los ojos de Charles absorbía el amarillo y se tornaba verde.

Calvin se pasó la lengua por los labios.

–¿Adónde vamos?

–Arriba. –Charles Wallace continuó con su conferencia–. En Camazotz todos somos felices porque todos somos semejantes. Las diferencias crean problemas. Eso lo sabes tú, ¿verdad, querida hermana?

–No –dijo Meg.

–Oh, claro que sí. Tú has visto allá en la tierra lo cierto que es. Tú sabes que esa es la razón por la que no eres feliz en el colegio. Porque eres diferente.

–*Yo* soy diferente, y soy feliz –dijo Calvin.

–Pero tú *simulas no ser* diferente.

–Soy diferente y me gusta ser diferente. –La voz de Calvin adquirió un tono afectadamente alto.

–Puede que a mí no me guste ser diferente –dijo Meg–, pero tampoco quiero ser como todos los demás.

Charles Wallace levantó una mano y el movimiento dc la caja cuadrada cesó, al tiempo que una de sus paredes parecía desaparecer. Charles salió al exterior, seguido por Meg y Calvin, este último apenas a tiempo antes de que la pared se materializara de nuevo, y ya no pudieran darse cuenta de dónde había estado la abertura.

–Querías que Calvin se quedara atrás, ¿verdad? –dijo Meg.

–Trato simplemente de enseñaros a manteneros espabilados. Os lo advierto: si cualquiera de los dos me ocasiona algún problema, tendré que conduciros ante ELLO.

En el mismo momento en que la palabra ELLO salía de labios de Charles Wallace, Meg sintió como si una cosa viscosa y horrible la tocara.

—¿Y qué es ese ELLO? —preguntó.

—Podría llamársele El Amo. —A continuación, Charles Wallace soltó una risita, que a Meg le resultó el sonido más horrible que hubiese escuchado jamás.

—A veces se llama a sí mismo El más Feliz de los Sádicos —añadió.

Meg habló en tono indiferente, para encubrir su miedo.

—No sé de qué estás hablando.

—Como sabes, se dice «sádico», y no «sadico». —Charles Wallace repitió su risita—. Muchísimas personas no saben acentuar la palabra correctamente.

—Bueno, ¿y a mí qué me importa? —dijo Meg, desafiante—. No quiero ver jamás a ELLO, y se acabó.

La extraña y monótona voz de Charles Wallace le rechinó en las orejas:

—Meg, se supone que tienes *un poco* de cerebro. ¿Por qué crees que hay guerras en la tierra? ¿Por qué crees que la gente se siente desorientada y desdichada?: porque todos viven aisladamente su propia vida individual. He estado tratando de explicarte, de la manera más sencilla posible, que en Camazotz nos hemos librado de las individualidades. Camazotz es UNA solamente: ELLO. Y es por eso que todo el mundo es tan feliz y eficiente. Eso es lo que las viejas brujas como la señora Qué no quieren que suceda en la Tierra.

—No es una bruja —interrumpió Meg.

—¿No?

—No —dijo Calvin—. Tú sabes que no. Tú

sabes que eso es simplemente un juego. Su manera, por así decir, de reírse a escondidas.

—A escondidas, sí. Que no se vea —continuó Charles—. Quieren que sigamos en la confusión, en vez de adecuadamente organizados.

Meg sacudió la cabeza con violencia.

—¡No! —gritó—. Yo sé que nuestro mundo no es perfecto, Charles, pero es mejor que éste. Ésta no es la única alternativa. ¡No puede ser!

—Aquí nadie sufre —entonó Charles—. Nadie se siente nunca infeliz.

—Pero tampoco es feliz nadie —dijo Meg con convicción—. Tal vez si no te sientes a veces infeliz, no sabes cómo ser feliz. Calvin, quiero volver a casa.

—No podemos abandonar a Charles —le dijo Calvin—, y no podemos irnos hasta que hayamos encontrado a tu padre. Lo sabes bien. Pero estás en lo cierto, Meg, y también la señora Qué. Esto es el mal.

Charles Wallace sacudió la cabeza, y el desdén y la desaprobación parecieron emanar de él.

—Vamos. Estamos perdiendo el tiempo. —Sin interrumpir su discurso se encaminó velozmente pasillo abajo.

—Qué lamentable es ser un organismo inferior, individual. Tch-Tch-tch. —Iba apretando el paso a cada peldaño, de manera que Meg y Calvin casi tenían que correr para mantenerse a su lado.

—Ahora, ved esto —dijo. Levantó la mano, y de pronto vieron a través de la pared el interior de una pequeña habitación. En la habitación, un niño hacía botar una pelota. La hacía botar rítmicamente, y las paredes de su pequeña celda parecían latir al ritmo de la pelota. Y cada vez que la pelota botaba, el niño gritaba como si le doliese.

—Ese es el niño que vimos esta tarde —dijo Calvin con agitación—, el niño que no botaba la pelota como los demás.

Charles Wallace lanzó otra vez una risita.

–Sí. De vez en cuando hay algún pequeño problema con la cooperación, pero se arregla fácilmente. A partir de hoy, nunca más deseará desviarse. Ah, ya llegamos.

Se encaminó velozmente pasillo abajo y de nuevo alzó la mano para hacerla transparente. Vieron el interior de otra pequeña habitación o celda. En el centro de la misma había una gran columna redonda y transparente, y en el interior de la columna estaba un hombre.

–¡PAPÁ! –gritó Meg.

9. Ello

Meg se abalanzó hacia el hombre aprisionado en la columna, pero al llegar a lo que parecía la puerta abierta fue despedida hacia atrás, como si hubiera chocado contra un muro de ladrillo. Calvin la sujetó.

—Esta vez es transparente como un cristal —le dijo—. No podemos atravesarla.

Meg había quedado tan dolida y mareada con el impacto que no pudo contestar. Por un momento temió que iba a vomitar o a desvanecerse. Charles Wallace rió otra vez, con aquella risa que no era suya, y eso fue lo que la salvó, pues una vez más la cólera se impuso sobre el dolor y el miedo. Charles Wallace, su verdadero y querido Charles Wallace, nunca se reía cuando ella se hacía daño. Por el contrario, le echaba rápidamente los brazos al cuello y apretaba su suave mejilla contra la de ella, a modo de amoroso consuelo. En cambio, el demonio Charles Wallace estaba riéndose con desprecio. Meg se volvió y miró de nuevo al hombre de la columna.

—¡Oh, papá...! —susurró con vehemencia, pero el hombre de la columna no se movió para mirarla. No llevaba las gafas, las gafas con montura de carey que siempre habían parecido formar parte de él, y sus ojos parecían mirar hacia dentro, como si estuviera profundamente sumergido en sus pensamientos. Se había dejado la barba, cuyo color castaño sedoso aparecía salpicado de gris. También su cabello estaba sin cortar. No era simplemente el cabello demasiado largo del hombre en la fotografía de Cabo Cañaveral: lo llevaba hacia atrás desde lo alto de la frente, y le caía suavemente casi hasta los hombros, dándole la apariencia de alguien de otro siglo, o de un marinero náufrago. Pero no cabía duda, a pesar del cambio experimentado, de que era su padre, su propio y amado padre.

—¡Vaya! No tiene muy buena pinta, ¿eh? —dijo Charles Wallace con una risita despectiva.

Meg se volvió furiosa hacia él.

—¡Charles! ¡Ese es papá! ¡Papá!

—¿Y qué?

Meg se apartó de él y extendió los brazos hacia el hombre de la columna.

—No nos ve, Meg —dijo Calvin con suavidad.

—¿Por qué? ¿Por qué?

—Creo que es como uno de esos pequeños visores que tienen en los apartamentos, en la puerta principal —explicó Calvin—. Desde el interior puedes mirar y ver todo lo que hay fuera. Y desde afuera no ves nada en absoluto. Nosotros le vemos, pero él no puede vernos.

—¡Charles! —imploró Meg—. ¡Déjame entrar con papá!

—¿Por qué? —preguntó plácidamente Charles.

Meg recordó que cuando estaban en el recinto con el hombre de los ojos rojos había conseguido hacer volver en sí a Charles Wallace, tras derribarle y al golpearse él la cabeza contra el suelo; así pues, se lanzó sobre el niño. Pero antes de que pudiera alcanzarle, él lanzó su puño y la golpeó con fuerza en el estómago. Meg quedó boqueando. Dolorida, se apartó de su hermano y retornó a la pared transparente. Allí estaba la celda, allí estaba la columna con su padre dentro. Aun cuando ella le veía, aunque se hallaba tan cerca como para tocarle, él parecía estar más lejos que cuando ella se lo había enseñado a Calvin en la fotografía sobre el piano. Permanecía allí inmóvil, como petrificado en una columna de hielo, con una expresión de sufrimiento y aguante en el semblante que perforaba el corazón de Meg.

—¿Dices que quieres socorrer a papá? —llegó detrás suyo la voz de Charles Wallace, totalmente desprovista de emoción.

—Sí. ¿Tú no? —preguntó Meg, girando y dirigiéndole una penetrante mirada.

—Desde luego. Es por eso que estamos aquí.

—Entonces, ¿qué *hacemos*? —Meg trató de suprimir todo frenesí de su voz, procurando que sonara tan vacía de sentimientos como la de Charles, pero no pudo evitar terminar en una nota aguda.

—Debes hacer lo que yo he hecho, y entregarte a ELLO —dijo Charles.

—No.

—Veo que no quieres realmente salvar a papá.

—¿Cómo va a salvar a papá el que yo me convierta en un zombie?

—Tendrás que aceptar mi palabra, Margaret —enunció la voz fría e inexpresiva de Charles Wallace—. ELLO te quiere y ELLO te tendrá. No olvides que ahora yo también soy parte de ELLO. Tú sabes que no lo habría hecho si no fuera lo que había que hacer.

—Calvin —preguntó Meg con angustia—, ¿servirá de veras para salvar a papá?

Pero Calvin no le prestaba atención. Parecía estar concentrando todas sus potencias en Charles Wallace. Miraba fijamente el azul pálido que era cuanto quedaba de los ojos de Charles Wallace.

–Y, como eras un espíritu excesivamente delicado/para ejecutar sus terrestres y abominables órdenes.../te confinó..., en el hueco de un pino –susurró, y Meg reconoció las palabras que le dirigiera la señora Quién.

Por un momento, Charles Wallace pareció escuchar. Luego se encogió de hombros y se volvió. Calvin le siguió, tratando de mantener sus ojos enfocados en los de Charles.

–Si quieres una bruja, Charles –dijo–, ELLO es la bruja. No las señoras. Qué bueno que este año haya tenido *La Tempestad* en el colegio, ¿eh, Charles? Fue la bruja quien puso a Ariel en el hueco del pino, ¿no es verdad?

La voz de Charles Wallace pareció llegar desde una gran distancia:

–Deja de clavarme los ojos.

Con la respiración agitada, Calvin continuó acosando a Charles Wallace con la mirada.

–Tú estás como Ariel en el hueco del pino, Charles. Y yo puedo hacerte salir. Mírame, Charles. Regresa.

Un estremecimiento recorrió de nuevo a Charles Wallace.

El sonido intenso de la voz de Calvin le golpeó.

–Regresa, Charles. Vuelve con nosotros.

Nuevamente, Charles se estremeció. Y entonces fue como si una mano invisible le hubiera dado de lleno en el pecho y le hubiera arrojado al suelo, y la mirada con la que Calvin le había sujetado se quebró. Charles quedó sentado en el piso del pasillo, quejándose, pero no con el sonido de un niño pequeño, sino con un espantoso ruido animal.

–Calvin –Meg se volvió hacia él con las manos fuertemente asidas–: Intenta llegar a papá.

Calvin sacudió la cabeza.

—Charles estuvo a punto de salir. Casi lo conseguí. Estuvo a punto de volver a nosotros.

—Inténtalo con papá —dijo de nuevo Meg.

—¿Cómo?

—Con lo del hueco del pino. ¿No está papá confinado en el hueco de un pino más que Charles? Mírale allí, en esa columna. Sácale, Calvin.

Calvin habló como si estuviera exhausto.

—Meg, no sé qué hacer. No sé cómo entrar. Meg, nos están pidiendo demasiado.

—¡Los anteojos de la señora Quién! —dijo de pronto Meg. La señora Quién le había dicho que los utilizara sólo como último recurso, y seguramente el momento era ahora. Hurgó en su bolsillo, y allí estaban las antiparras, frías, livianas y tranquilizadoras. Las sacó, con los dedos temblorosos.

—¡Dame esos anteojos! —les llegó la imperativa voz de Charles Wallace, y el pequeño se irguió con dificultad del suelo y corrió hacia ella.

Ella apenas tuvo tiempo para quitarse sus propias gafas y colocarse las de la señora Quién, y, en el apuro, una patilla le cayó sobre la mejilla y le quedaron a duras penas calzadas en la nariz. Mientras Charles Wallace la embestía, ella se lanzó contra la puerta transparente y la atravesó. Se encontró dentro de la celda donde estaba la columna que aprisionaba a su padre. Con dedos temblorosos se enderezó las gafas de la señora Quién y guardó las suyas en el bolsillo.

—Dámelas —oyó la voz amenazadora de Charles Wallace, y le descubrió dentro de la celda con ella, mientras Calvin, afuera, golpeaba frenéticamente para entrar.

Meg le lanzó un puntapié a Charles Wallace y corrió hacia la columna. Sintió que atravesaba algo oscuro y frío. Pero pasó.

—¡Papá! —gritó. Y se encontró en sus brazos.

Era el momento que había estado esperando, no ya desde que la señora Cuál les hiciera emprender aquellos viajes, sino durante los largos meses y años precedentes, cuando habían dejado de llegar las cartas, cuando la gente hacía insinuaciones sobre Charles Wallace, cuando la señora Murry mostraba algún ocasional destello de soledad o de pesar. Era el momento que significaba que de ahora en adelante todo iba a estar bien.

Al estrecharse a su padre, todo quedó olvidado, excepto la dicha. Lo único que experimentaba era la paz y el gozo de apretarse contra él, la maravilla del círculo protector de sus brazos, el sentimiento de afirmación y seguridad totales que su presencia siempre le había proporcionado.

Su voz se quebró en un sollozo feliz.

—¡Oh, papá! ¡Oh, papá!

—¡Meg! —exclamó él jubilosamente sorprendido—. Meg, ¿qué estás haciendo aquí? ¿Dónde está tu madre? ¿Dónde están los muchachos?

Ella miró fuera de la columna, y allí estaba Charles Wallace en la celda, con el semblante distorsionado por una expresión no humana. Meg se volvió hacia su padre. No había más tiempo para los saludos, para la alegría, para las explicaciones.

—Tenemos que ir con Charles Wallace. Aprisa. —Su voz era tensa.

Las manos de su padre se movían a tientas sobre su rostro, y al sentir el toque de sus dedos fuertes y delicados, Meg se dio cuenta con una sensación de horror, de que ella podía verle, de que ella podía ver a Charles en la celda y a Calvin en el pasillo, pero que su padre no les veía, no la veía a ella. Le miró llena de pánico, pero los ojos de él eran del mismo azul sereno que ella recordaba. Bruscamente movió una mano delante de la línea de visión de su padre, pero él no parpadeó.

—¡Papá! —gritó—. ¡Papá!, ¿no me ves?

Los brazos de él la rodearon de nuevo, en un gesto tranquilizador.

—No, Meg.

—Pero, papá, yo te veo... —Su voz se apagó. De pronto deslizó las gafas de la señora Quién sobre el caballete de su nariz y miró por encima de ellas, e inmediatamente quedó en la más completa oscuridad. Se las quitó y se las alcanzó a su padre.

—Toma.

Él cerró los dedos sobre las gafas.

—Querida —dijo—, me temo que tus gafas no me servirán.

—Pero son las de la señora Quién, no las mías —explicó ella, sin darse cuenta de que sus palabras tenían que sonarle como una jerigonza—. ¡Por favor, papá, pruébatelas! —Aguardó, mientras le sentía maniobrar en la oscuridad.

—¿Ahora ves? —preguntó—. ¿Ves ahora, papá?

—Sí —dijo él—. Sí. La pared es transparente, ahora. ¡Qué extraordinario! ¡Casi puedo ver los átomos reordenándose! —Su voz tenía el antiguo y conocido timbre de excitación y descubrimiento. Sonaba como cuando regresaba a casa desde su laboratorio después de un día bueno, y empezaba a hablarle de su trabajo a su mujer. Después exclamó:

—¡Charles! ¡Charles Wallace! —Y luego—: Meg, ¿qué le ha ocurrido? ¿Qué pasa? Ese *es* Charles, ¿no es cierto?

—Está en poder de ELLO —explicó Meg, en tensión—. Se ha introducido en ELLO. Papá, tenemos que ayudarle.

El señor Murry permaneció en silencio durante un largo rato. El silencio estaba preñado de las palabras que él pensaba y no expresaba en alta voz a su hija. Luego dijo:

—Meg, estoy preso aquí. Lo he estado durante...

—Papá, estas paredes. Puedes pasar a través de ellas. Yo pasé a través de la columna para reunirme contigo. Fueron las gafas de la señora Quién.

El señor Murry no se detuvo en preguntar

quién era la señora Quién. Dio una palmada contra la pared de la columna translúcida.

—Parece bastante sólida.

—Pero yo entré —repitió Meg—. Aquí estoy. Tal vez las gafas ayuden a reordenar los átomos. Prueba, papá.

Esperó, con el aliento contenido, y al cabo de un momento se dio cuenta de que estaba sola en la columna. Extendió los brazos en la oscuridad y sintió la superficie lisa que la rodeaba por todos lados. Parecía hallarse absolutamente sola, y el silencio y la oscuridad parecían definitivamente impenetrables. Luchó contra el pánico, hasta que oyó la voz de su padre, que llegaba hasta ella débilmente.

—Voy a entrar a buscarte, Meg.

Fue casi tangible la sensación de que los átomos de aquella materia desconocida se apartaban para permitir que su padre llegara hasta ella. En la casa de la playa, en Cabo Cañaveral, había habido entre el comedor y la sala una cortina de hebras de paja. Parecía una cortina maciza, pero se pasaba a través de ella. Al principio, Meg titubeaba cada vez que llegaba a la cortina, pero poco a poco se acostumbró a ella y pasaba corriendo a su través, dejando detrás las hebras oscilantes. Tal vez los átomos de aquellas paredes estuvieran dispuestos de un modo semejante.

—Pon tus brazos alrededor de mi cuello, Meg —dijo el señor Murry—. Estréchate fuerte contra mí. Cierra los ojos y no tengas miedo. —La alzó, y ella colocó sus largas piernas alrededor de la cintura del señor Murry y se colgó de su cuello. Con las gafas de la señora Quién puestas había experimentado sólo una leve sensación de oscuridad y frialdad mientras atravesaba la columna. Sin las gafas, sintió la misma horrenda viscosidad que cuando teselaban a través de la oscuridad exterior de Camazotz. Fuera lo que fuese la Cosa Negra ante la cual había sucumbido Camazotz, estaba tanto dentro como fuera del planeta. Por un momento pareció que la gélida tiniebla iba a arrancarla de brazos de su padre. Trató de gritar, pero en aquel horror helado ningún sonido era posible. Los brazos de su padre se estrechaban alrededor de ella, y ella colgaba de su cuello en un extraño abrazo, pero el pánico ya no la dominaba. Sabía que si su padre no conseguía atravesar la pared, se quedaría con ella y no la abandonaría; sabía que mientras se hallara en sus brazos estaría a salvo.

Y de pronto, estuvieron fuera. La columna se elevaba en el centro de la habitación, clara como el cristal, y vacía.

Meg, parpadeó ante las figuras borrosas de Charles y su padre, y se preguntó por qué no les veía claramente. Después sacó sus propias gafas del bolsillo y se las puso, y sus ojos miopes pudieron enfocarles.

Charles Wallace golpeteaba un pie contra el piso, con impaciencia.

—ELLO no está complacido —dijo—. No está para nada complacido.

El señor Murry soltó a Meg y se arrodilló delante del pequeño.

—Charles. —Su tono era tierno—. Charles Wallace.

—¿Qué quiere?

—Soy tu padre, Charles. Mírame.

Los pálidos ojos azules parecieron enfocar el rostro del señor Murry.

—Hola, papi —dijo una voz insolente.

—¡Eso no es Charles! —gimió Meg—. ¡Oh, papá, Charles no es así! ELLO lo domina.

—Sí. —El señor Murry mostraba cansancio—. Comprendo. —Extendió los brazos—. Charles: ven aquí.

«Papá lo arreglará todo», pensó Meg. «Ahora todo va a andar bien».

Charles no avanzó hacia los brazos extendidos. Se mantuvo apartado y sin mirar a su padre.

—Mírame —ordenó el señor Murry.

—No.

El tono del señor Murry se endureció.

—Cuando hablas conmigo di «No, papá», o «No, señor».

—¡Déjate de tonterías, papi! —llegó la fría voz de Charles Wallace; Charles Wallace, que, fuera de Camazotz, había sido un niño extraño, un niño diferente, pero jamás descortés.

—Tú no pintas nada aquí.

Meg vio de nuevo a Calvin golpeando la pared de cristal.

—¡Calvin! —llamó.

—No te oye —dijo Charles. Hizo una horrible mueca hacia Calvin, y luego le hizo burla llevándose la mano a la nariz.

—¿Quién es Calvin? —preguntó el señor Murry.

—Es... —empezó a decir Meg, pero Charles Wallace la interrumpió.

—Tendrás que dejar las explicaciones para después. Vamos.

—¿Ir adónde?

—Con ELLO.

—No —dijo el señor Murry—. No puedes llevar allí a Meg.

—¡Oh!, ¿con que no?

—No, no puedes. Eres mi hijo, Charles, y me temo que tendrás que hacer lo que yo diga.

—¡Pero él *no es* Charles! —gritó angustiada Meg. ¿Cómo es que su padre no lo entendía?

—¡Charles no es así, papá! ¡Tú sabes que no es así!

—Era sólo un bebé cuando partí —dijo el señor Murry abrumado.

—Papá, es ELLO hablando a través de Charles. ELLO no es Charles. Está... está embrujado.

—Otra vez los cuentos de hadas —dijo Charles.

—¿Tú conoces a ELLO papá? —preguntó Meg.

—Sí.

—¿Lo has visto?

—Sí, Meg. —Otra vez su voz sonó exhausta. Se volvió hacia Charles—. Tú sabes que ella no podría resistirse.

—Precisamente —dijo Charles.

—¡Papá: no puedes hablarle como si fuera Charles! ¡Pregúntale a Calvin! Calvin te contará.

—Ven conmigo —dijo Charles Wallace—. Tenemos que irnos. —Alzó una mano displicentemente y marchó fuera de la celda, y Meg y el señor Murry no tuvieron más remedio que seguirle.

Al entrar en el pasillo, Meg cogió la manga de su padre.

—Calvin, ¡éste es papá!

Calvin se volvió ansiosamente hacia ellos. Las pecas y el cabello destacaban brillantemente contra la palidez de su semblante.

—Deja tus presentaciones para después —dijo Charles Wallace—. A ELLO no le gusta que le tengan esperando. —Avanzó pasillo abajo, y su tranco pareció hacerse más espasmódico con cada paso. Los demás le seguían andando rápidamente para mantenerse al paso.

—¿Sabe tu padre de las señoras Q? —le preguntó Calvin a Meg.

—No ha habido tiempo para nada. Todo es espantoso. —Meg sentía su desesperación instalada como una piedra en la boca del estómago. Había estado tan segura de que a partir del momento en que encontrara a su padre todo marcharía bien. De que todo se arreglaría. De que no tendría ningún problema que resolver. De que no sería ya responsable de nada.

Y en lugar de este resultado feliz y esperado, parecía que tenían que afrontar toda clase de problemas nuevos.

—No se da cuenta de lo de Charles —le susurró a Calvin, contemplando afligida la espalda de su padre, que marchaba detrás del niño.

—¿Adónde vamos? —preguntó Calvin.

—Hacia ELLO. Calvin, ¡yo no quiero ir! —Se detuvo, pero Charles continuó con su andar espasmódico.

—No podemos abandonar a Charles —dijo Calvin—. No lo aprobarían.

—¿Quiénes no lo aprobarían?

—La señora Qué & Cía.

—¡Pero ellas nos han traicionado! ¡Nos trajeron aquí, a este lugar terrible, y nos abandonaron!

Calvin la miró sorprendido.

—Plántate y renuncia, si quieres —dijo—. Yo seguiré con Charles. Corrió a reunirse con el señor Murry y Charles Wallace.

—Yo no decía que... —empezó Meg, y se lanzó tras él.

En el preciso momento en que les alcanzaba, Charles Wallace se detuvo y levantó una mano, y de nuevo apareció el ascensor, con su siniestra luz amarilla. Meg sintió un salto en el estómago cuando empezó el rápido descenso. Se mantuvieron en silencio hasta que el movimiento cesó, y en silencio siguieron a Charles Wallace a través de extensos pasillos y salieron a la calle. A sus espaldas se elevaba, severo y anguloso, el edificio de la Central CENTRAL de Inteligencia.

«Haz algo», imploraba en silencio Meg a su padre. «Haz algo. Socórrenos. Sálvanos».

Dieron la vuelta a una esquina, y al final de la calle apareció un extraño edificio abovedado. Sus muros resplandecían temblorosamente con una llama violácea. El techo plateado parecía latir con una luz ominosa. La luz no era ni caliente ni fría, pero parecía extenderse y tocarles. Meg estaba segura de que allí era donde ELLO les estaba aguardando.

Avanzaron calle abajo, ahora más lentamente, y cuando estuvieron más cerca del edificio abovedado, la trémula llama violeta pareció extenderse, envolverles, succionarles: estaban dentro.

Meg percibió un rítmico latido. No sólo en torno suyo, sino también en su interior, como si el ritmo de su corazón y sus pulmones ya no fueran suyos, sino que fueran manejados por alguna fuerza externa. Lo más parecido a aquello que había experimentado antes había sido cuando hacía ejercicios de respiración artificial con las Girl Scouts, y la líder, una mujer enormemente vigorosa, practicando con Meg, la oprimía el pecho con sus pesadas manos y luego aflojaba, oprimía y aflojaba, entonando alternadamente: ¡AFUERA el aire viciado, ADENTRO el puro!

Meg empezó a boquear, tratando de recobrar el ritmo normal de su respiración, pero la pulsación continuaba, por dentro y por fuera. Por un momento no pudo moverse, ni mirar a su alrededor para ver qué les ocurría a los otros. Simplemente tuvo que quedarse allí de pie, tratando de acomodarse al ritmo artificial de su corazón y sus pulmones. Sus ojos parecieron sumergirse en un mar de rojo.

Entonces las cosas empezaron a hacerse visibles, pudo respirar sin boquear como un pez tirado en la playa, y pudo observar el gran edificio circular abovedado en torno suyo. Estaba completamente vacío, exceptuando la pulsación, que parecía un objeto tangible, y un estrado redondo en el centro del recinto. Sobre el estrado yacía... ¿qué? Meg no supo decir qué, y sin embargo supo que era de allí de donde provenía el ritmo. Tentativamente, se aproximó. Sintió que ahora estaba más allá del miedo. Charles Wallace ya no era Charles Wallace. Su padre había sido encontrado, pero no había hecho que todo se arreglase. Por el contrario, todo estaba peor que nunca, y su adorado padre estaba barbudo, y flaco, y no era omnipotente, después de todo. Pasara lo que pasara, las cosas no podían ponerse más horribles de lo que estaban ya, ni provocar un miedo mayor.

¿No?

Continuó avanzando lentamente, y finalmente descubrió qué era la Cosa que estaba sobre la tarima.

ELLO era un cerebro.

Un cerebro separado del cuerpo. Un cerebro de tamaño mayor que el normal, lo bastante mayor de lo normal como para resultar absolutamente repugnante y aterrador. Un cerebro vivo. Un cerebro que latía y palpitaba, que capturaba y daba órdenes. No era extraño que el cerebro se llamara ELLO. ELLO era la cosa más horrible, la cosa más repelente que Meg hubiera visto nunca, mucho más nauseabunda que cualquier cosa que hubiera imaginado jamás conscientemente, o que la hubiese atormentado en las más terribles de sus pesadillas.

Pero así como había sentido que estaba más allá del miedo, ahora Meg encontraba que estaba más allá de la posibilidad de gritar.

Miró a Charles Wallace, que estaba allí, vuelto hacia ELLO, con la mandíbula colgándole flojamente; y sus vacíos ojos azules giraban con lentitud.

Oh, sí, las cosas siempre podían empeorar. Aquellos ojos que giraban en el tierno rostro redondo de Charles Wallace dejaron helada a Meg por dentro y por fuera.

Apartó la vista de Charles Wallace y miró a su padre. Su padre estaba allí con las gafas de la señora Quién todavía calzadas en la nariz –¿recordaba que las tenía puestas?– y le gritaba a Calvin:

–¡No te rindas!

–¡No! ¡Socorra a Meg! –aulló Calvin. Dentro de la bóveda reinaba un silencio absoluto, y Meg se dio cuenta de que la única manera de hablar era gritando con todas las fuerzas. Pues doquiera mirase, doquiera se volviese, estaba el ritmo, y conforme el ritmo siguiera controlando la diástole y la sístole de su corazón, la inhalación y la exhalación de aire por sus pulmones, el miasma rojo empezaría de nuevo a aparecer ante sus ojos, y temía que iba a perder el conocimiento, ya que entonces estaría completamente en poder de ELLO.

La señora Qué había dicho: «Meg, a ti te hago el don de tus defectos».

¿Cuáles eran sus mayores defectos? La ira, la impaciencia, la obstinación. Sí, era a sus defectos a lo que acudiría ahora para salvarse.

Con un enorme esfuerzo intentó respirar contra el ritmo de ELLO. Pero el poder de ELLO era demasiado fuerte. Cada vez que Meg lograba inhalar fuera de ritmo, una mano de hierro parecía oprimirle el corazón y los pulmones.

Entonces recordó que cuando se encontraban ante el hombre de los ojos rojos y el hombre de los ojos rojos les entonaba la tabla de multiplicar, Charles Wallace había combatido su poder gritando rimas infantiles, y Calvin citando la Oración de Gettysburg.

—*He visto un monte volar* —chilló—, *y una casa andar a gatas, y en el fondo de la mar un burro asando patatas.*

Aquello no funcionaba. Las rimas infantiles caían fácilmente en el ritmo de ELLO.

No se sabía la Oración de Gettysburg. ¿Cómo empezaba la Declaración de Independencia? La había aprendido de memoria aquel mismo invierno, no porque se lo pidieran en el colegio, sino simplemente porque le gustaba.

—¡Afirmamos que estas verdades son evidentes por sí mismas! —gritó—, que todos los hombres son creados iguales, que están dotados por su creador de ciertos derechos inalienables, que entre éstos están el derecho a la vida, a la libertad, y a la busca de la felicidad.

Mientras gritaba aquellas palabras sintió una mente que se movía dentro de la suya, sintió a ELLO hurgando en su mente, estrujándola. Entonces se dio cuenta de que Charles Wallace estaba hablando, o que ELLO hablaba a través de él.

—Pero eso es precisamente lo que tenemos en Camazotz. Igualdad completa. Toda persona es semejante a las demás.

Por un momento, la confusión se apoderó de su cerebro. Luego se produjo un instante de deslumbrante clarividencia.

—¡No! —gritó triunfalmente—. ¡*Semejante* e *igual* no son la misma cosa!

—¡Bien, Meg! —le gritó su padre.

Pero Charles Wallace continuó como si no hubiera habido interrupción.

—En Camazotz todos son iguales. En Camazotz cada uno es lo mismo que cualquier otro. —Pero no le ofreció ningún argumento, no le proporcionó ninguna respuesta, y Meg se aferró a su momento de revelación.

Semejante e igual son dos cosas totalmente diferentes.

Por el momento, había escapado al poder de ELLO.

Pero ¿cómo?

Meg sabía que su pequeño cerebro no podía rivalizar con aquella voluminosa masa sin cuerpo, pulsante y palpitante, que yacía sobre el estrado redondo. Se estremeció al mirar a ELLO. En el laboratorio del colegio había un cerebro humano conservado en formol, y los estudiantes de los cursos superiores tenían que sacarlo, y observarlo y estudiarlo. Meg pensaba que cuando llegase el día, ella sería incapaz de soportarlo. Pero ahora pensó que si tuviera un bisturí, acuchillaría a ELLO, cortando sin piedad en el cerebro, en el cerebelo.

Las palabras surgieron esta vez directamente dentro de ella, sin la intermediación de Charles:

–¿No comprendes que si me destruyes, destruyes también a tu pequeño hermano?

Si aquel enorme cerebro fuera cortado, aplastado, ¿morirían también todas las mentes controladas por ELLO en Camazotz? ¿Charles Wallace, y el hombre de los ojos rojos, y el hombre que manejaba la máquina deletreadora número uno en el nivel de segundo grado, y todos los niños que jugaban a la pelota y las niñas que jugaban a la comba, y todas las madres, y todos los hombres y mujeres, que entraban y salían de los edificios? ¿Dependían absolutamente sus vidas de ELLO? ¿Estaban más allá de toda posibilidad de salvación?

Meg sintió que el cerebro hurgaba de nuevo en ella, al haber aflojado el obstinado control sobre sí misma. Una niebla rojiza le nubló los ojos.

Oyó débilmente la voz de su padre, aunque sabía que él estaba gritando con toda la fuerza de sus pulmones.

–¡La tabla periódica de los elementos, Meg! ¡Recítala!

Por su mente cruzó como un relámpago la imagen de las tardes de invierno pasadas delante del hogar encendido, estudiando con su padre.

–Hidrógeno. Helio –comenzó obedientemente. Conserva el orden atómico.

¿Cuál siguc? Lo sabía. Sí:

–Litio, berilio, boro, carbono, nitrógeno, oxígeno, flúor. –Le gritaba las palabras a su padre, dando la espalda a ELLO–. Neón. Sodio. Magnesio. Aluminio. Silicio. Fósforo.

–¡Demasiado rítmico! –le gritó su padre–. ¿Cuál es la raíz cuadrada de cinco?

Por un momento fue capaz de concentrarse. Devánate los sesos tú misma, Meg. No permitas que lo haga ELLO.

—La raíz cuadrada de cinco es 2,236 —exclamó triunfante—, ¡porque 2,236 veces 2,236 es igual a 5!

—¿Cuál es la raíz cuadrada de siete?

—La raíz cuadrada de siete es... —Desistió. No aguantaba. ELLO la estaba acometiendo, y ella no podía concentrarse, ni siquiera en las matemáticas, ¡y pronto ella también estaría absorbida en ELLO, *sería* también un ELLO!

—¡Teselar, señor! —oyó la voz de Calvin a través de la penumbra rojiza—. ¡Teselar!

Sintió que su padre la agarraba por la muñeca, hubo un terrible tirón que pareció quebrarle los huesos del cuerpo; después, la oscura nada del teselacto.

Si el teselacto había sido, con las señoras Qué, Quién y Cuál, una experiencia extraña y asustante, aquello no fue nada comparado a teselar con su padre. Después de todo, la señora Cuál tenía experiencia, y el señor Murry... ¿cómo era que sabía algo al respecto? Meg sintió que se hacía pedazos en un torbellino. Se sumió en una agonía dolorosa que finalmente se disolvió en la tiniebla de la inconsciencia total.

10. Cero absoluto

El primer signo de retorno de la conciencia fue el frío. Después el sonido. Tuvo conciencia de voces que parecían llegar a ella atravesando un desierto ártico. Lentamente, los helados sonidos se fueron aclarando, y se dio cuenta de que las voces pertenecían a su padre y a Calvin. No oía a Charles Wallace. Trató de abrir los ojos, pero sus párpados no se movieron. Intentó sentarse, pero no pudo moverse. Luchó por darse la vuelta, por mover las manos, los pies, pero no ocurrió nada. Sabía que tenía un cuerpo, pero ese cuerpo estaba tan sin vida como el mármol.

Oyó la voz helada de Calvin:

—El corazón le late tan despacio...

La voz de su padre:

—Pero late. Está viva.

—Apenas.

—Al principio no le encontrábamos los latidos. Creíamos que estaba muerta.

—Sí.

—Y luego sentimos el corazón, muy débilmente, con latidos muy espaciados. Y después se hicieron más fuertes. De modo que sólo nos resta esperar. —Las palabras de su padre sonaban quebradizas en sus oídos, como si fueran esquirlas desprendidas de un bloque de hielo.

Calvin:

—Sí. Tiene usted razón, señor.

Meg quería gritarles: «¡Estoy viva! ¡Estoy viva del todo! Sólo que me han convertido en piedra.»

Pero así como no podía moverse, tampoco podía gritar.

De nuevo la voz de Calvin.

—De todos modos, consiguió usted apartarla de ELLO. Nos sacó a los dos, y nosotros no habríamos podido seguir resistiendo. ELLO es mucho más poderoso y fuerte que... ¿Cómo logramos *permanecer* fuera, señor? ¿Cómo pudimos aguantar tanto tiempo?

Su padre:

—Porque ELLO está absolutamente desacostumbrado al rechazo. Esa es la única razón, también, de que yo haya podido evitar el ser absorbido. Han transcurrido tantos millares de siglos sin que ninguna mente haya intentado resistir a ELLO, que ciertos centros se han resentido y atrofiado por falta de uso. Si vosotros no hubieseis llegado cuando lo hicisteis, no estoy seguro de cuánto más habría durado. Me encontraba a punto de rendirme.

Calvin:

—Oh, no, señor...

Su padre:

—Sí. Ya nada parecía tener importancia, excepto el descanso, y por supuesto, ELLO me ofrecía un descanso total. Casi había llegado a la conclusión de que estaba equivocado al luchar, de que ELLO tenía razón después de todo, y que todo en lo que yo creía de la manera más apasionada, no era sino el sueño de un loco. Pero entonces Meg y tú llegasteis hasta mí, os abristeis paso hasta mi prisión, y la esperanza y la fe retornaron.

Calvin:

—Señor, ¿y por qué estaba usted en Camazotz, después de todo? ¿Había algún motivo especial para ir?

Su padre, con una risa frígida:

—La ida a Camazotz fue completamente accidental. Nunca pensé en abandonar nuestro sistema solar. Me dirigía a Marte. Teselar es aún más complicado que lo que habíamos supuesto.

Calvin:

—Señor, ¿cómo pudo ELLO apoderarse de Charles Wallace antes que de Meg y de mí?

Su padre:

—Por lo que has contado, fue porque Charles Wallace creyó que podía deliberadamente introducirse en ELLO y salir. Confió demasiado en su propia fortaleza... ¡Escucha! ¡Me parece que los latidos se están haciendo más fuertes!

Sus palabras ya no le sonaban tan absolutamente heladas. ¿Serían las palabras o sus oídos los que eran de hielo? ¿Por qué oía solamente a su padre y a Calvin? ¿Por qué no hablaba Charles Wallace?

Silencio. Un largo silencio. Luego, otra vez la voz de Calvin:

—¿No podemos hacer nada? ¿No podemos buscar ayuda? ¿Sólo podemos seguir esperando?

Su padre:

—No podemos dejarla sola. Y tenemos que permanecer juntos. *No debemos* tener miedo de tomarnos tiempo.

Calvin:

—¿Quiere decir que lo tuvimos? ¿Que actuamos con demasiada prisa en Camazotz, y Charles Wallace se precipitó, y por eso fue cogido?

—Tal vez. No estoy seguro. Todavía no sé lo suficiente. El tiempo en Camazotz es distinto, por otra parte. Nuestro tiempo, aunque inadecuado como es, por lo menos es recto. Puede que ni siquiera sea unidimensional, puesto que no puede avanzar y retroceder en su línea, sólo ir hacia adelante; pero al menos es coherente en su dirección. El tiempo en Camazotz parece estar invertido, vuelto sobre sí mismo. De modo que no tengo idea de si he estado prisionero en esa columna durante siglos o solamente unos minutos.

Silencio. Luego, otra vez la voz de su padre:

—Creo que ahora siento el pulso en su muñeca.

Meg no percibió los dedos de su padre en su muñeca. No sentía la muñeca para nada. Su cuerpo era todavía de piedra, pero su mente empezaba a ser capaz de movimiento. Trató desesperadamente de producir algún sonido, de hacerles alguna señal, pero no ocurrió nada.

Las voces comenzaron otra vez. Calvin:

—En cuanto a su proyecto, señor. ¿Estaba usted solo en él?

Su padre:

—Oh, no. Había media docena de nosotros trabajando en él, y apostaría a que otros muchos, de los que no sabíamos. Ciertamente no éramos el único país que investigaba en esa dirección. No es en realidad una idea nueva. Pero sí tratábamos de que no se supiera fuera que estábamos intentando hacerla practicable.

—¿Vino usted solo a Camazotz? ¿O estaban los demás con usted?

—Vine solo. Sabes, Calvin, no había modo de hacer un intento previo con ratas, o monos, o perros. Y no teníamos idea de si realmente funcionaría, o si habría una completa desintegración corporal. Jugar con el tiempo y el espacio es un juego peligroso.

—¿Pero por qué usted, señor?

—Yo no fui el primero. Sorteamos los puestos, y salí segundo.

—¿Qué le pasó al primer hombre?

—No lo... ¡mira! ¿No ha movido los párpados? —Silencio. Luego—: No. Ha sido una sombra.

Pero, *los he movido*, trató de decir Meg. Estoy segura. ¡Y les oigo! ¡Haced *algo*!

Pero sólo hubo otro largo silencio, durante el cual acaso estuvieran mirándola, al acecho de otra sombra, de otro temblor. Entonces oyó la voz de su padre, serena, un poco más cálida, más semejante a su verdadera voz.

–Sorteamos, y salí segundo. Sabemos que Hank fue. Le vimos. Le vimos desvanecerse allí mismo delante de todos nosotros. Estaba allí, y de pronto no estaba. Debíamos esperar un año su regreso, o algún mensaje suyo. Esperamos. Y nada.

Calvin, con la voz quebrada:

–¡Mi Dios, señor! Debe haber estado usted en ascuas.

Su padre:

–Sí. Es una cosa a la vez aterradora y excitante descubrir que la materia y la energía *son* la misma cosa, que el tamaño es una ilusión, y que el tiempo es una substancia material. Podemos saber esto, pero es mucho más de lo que podemos comprender con nuestros diminutos cerebros. Creo que tú podrás comprender mucho más que yo. Y Charles Wallace todavía más que tú.

–Sí, pero, ¿qué pasó, señor, después del primer hombre?

Meg oyó suspirar a su padre.

–Después fue mi turno. Fui. Y aquí estoy. Más sabio y más humilde. Estoy seguro de que no he estado fuera más de dos años. Ahora que habéis venido, tengo alguna esperanza de poder regresar a tiempo. Algo que debo decir a los demás es que no sabemos nada.

–¿Qué quiere decir, señor?

–Lo que acabo de decir. Somos niños jugando con dinamita. En nuestra absurda precipitación, nos hemos lanzado en esto antes de...

Con un esfuerzo desesperado, Meg emitió

un sonido. No un sonido muy audible, pero un sonido. El señor Murry se interrumpió.

—Shh. Escucha.

Meg produjo un sonido raro, como un graznido. Descubrió que podía mover los párpados. Le parecían más pesados que el mármol, pero se las compuso para alzarlos. Su padre y Calvin estaban inclinados sobre ella. No veía a Charles Wallace. ¿Dónde estaba?

Se encontraba tendida en un campo abierto, sobre lo que parecía una hierba reseca y rígida. Parpadeó lentamente, con dificultad.

—Meg —dijo su padre—. Meg. ¿Estás bien?

Sentía la lengua como una piedra dentro de su boca, pero se las arregló para gruñir:

—No puedo moverme.

—Inténtalo —la urgió Calvin. Ahora le sonaba como si estuviera muy enojado con ella—. Mueve los dedos de los pies. Mueve los dedos de las manos.

—No puedo. ¿Dónde está Charles Wallace? —Sus palabras se trababan en la lengua de piedra. Tal vez no pudieran entenderla, pues no hubo respuesta.

—Nosotros también estuvimos inconscientes durante un ratito —decía Calvin—. Te pondrás bien, Meg. No te asustes. —Estaba agachado sobre ella, y aunque su voz seguía sonando enojada, la escudriñaba con ojos ansiosos. Meg supo que debía tener todavía las gafas puestas, porque le veía claramente, con sus pecas, sus espesas pestañas negras, el brillante azul de sus ojos.

Su padre estaba de rodillas del otro lado. Los redondos cristales de las gafas de la señora Quién seguían borroneándole los ojos. Cogió una de las manos de Meg y la restregó entre las suyas.

—¿Sientes mis dedos? —Sonaba totalmente sereno, como si no hubiera nada de extraordinario en que ella estuviese completamente paralizada. La serenidad de su voz la hizo sentirse más calmada. Entonces vio que en la frente de su padre habían grandes gotas de sudor, y notó vagamente que la suave brisa que le tocaba las mejillas era fría. Primero las palabras de su padre habían estado heladas, y ahora el viento era moderado: ¿hacía aquí mucho frío o estaba templado?

—¿Sientes mis dedos? —preguntó él otra vez.

Sí, ahora sentía una presión en su muñeca, pero no podía mover la cabeza para asentir.

—¿Dónde está Charles Wallace? —Sus palabras fueron un poco más claras. Empezaba a sentir la lengua y los labios fríos y dormidos, como si le hubieran dado una dosis masiva de novocaína en el dentista. Se dio cuenta, sobresaltada, de que su cuerpo y sus miembros estaban fríos, de que no sólo no estaba tibia, sino que estaba helada de la cabeza a los pies, y que era eso lo que había hecho que las palabras de su padre le parecieran de hielo, lo que la había paralizado.

—Estoy helada... —dijo débilmente. Camazotz no había sido así de frío, un frío que cortaba más que el viento de los días más crudos de invierno en la Tierra. Estaba lejos de ELLO, pero aquella no explicada frigidez era casi tan mala como lo otro. Su padre no la había salvado.

Ahora podía mirar un poco a su alrededor, y todo lo que veía era marchito y gris. Había árboles bordeando el terreno en el que yacía, y sus hojas eran del mismo color pardo que la hierba. Había plantas que podían haber sido flores, sólo que estaban mustias y grises. En contraste con la ausencia de color, con el frío que la entumecía, el aire estaba lleno de una delicada fragancia, que espolvoreaba su rostro de manera imperceptible al soplar suavemente contra él. Miró a su padre y a Calvin. Los dos estaban en mangas de camisa, y parecían hallarse perfectamente cómodos. Era ella, arrebujada en su ropa, la que estaba helada, demasiado rígida incluso para tiritar.

—¿Por qué estoy tan fría? —preguntó—. ¿Dónde está Charles Wallace? —Ellos no contestaron—. Papá, ¿dónde estamos?

El señor Murry la miró sobriamente.

—No lo sé, Meg. No sé teselar muy bien. Debo haberme excedido, de alguna manera. No estamos en Camazotz. No sé dónde estamos. Creo que estás tan fría porque atravesamos la Cosa Negra, y por un momento pensé que te iba a arrancar de mí.

—¿Es éste un planeta oscuro? —Lentamente su lengua empezaba a deshelarse; las palabras le salían más nítidas.

—No lo creo —dijo el señor Murry—, pero sé tan poco acerca de todo, que no puedo estar seguro.

—Entonces no debías haber intentado teselar. —Jamás le había hablado de ese modo a su padre. Las palabras apenas parecían suyas.

Calvin la miró, sacudiendo la cabeza.

—Era lo único que se podía hacer. Por lo menos, nos sacó de Camazotz.

—¿Por qué partimos sin Charles Wallace? ¿Le abandonamos allí, simplemente? —Las palabras que no eran realmente suyas surgieron frías y acusadoras.

—No le abandonamos simplemente —dijo su padre—. Recuerda que el cerebro humano es un organismo muy delicado, y puede dañarse fácilmente.

—Date cuenta, Meg —dijo Calvin, acurrucado sobre ella, tenso y preocupado—, si tu padre hubiese intentado sacar de un tirón a Charles cuando nos teselaba a nosotros, y ELLO le hubiese mantenido aferrado, podría haber sido demasiado para él, y le habríamos perdido para siempre. Y teníamos que hacer algo en ese preciso momento.

—¿Por qué?

—ELLO se estaba apoderando de nosotros. Tú y yo estábamos cediendo, y si tu padre hubiera continuado tratando de ayudarnos, tampoco hubiera podido resistir mucho más.

—*Tú* le dijiste que teselara. —Meg acusó a Calvin.

—Déjate de culpas —cortó el señor Murry severamente—. ¿No puedes moverte todavía?

Todos sus defectos predominaban ahora en Meg, y ellos ya no la estaban ayudando.

—¡No! Y más vale que me lleves inmediatamente a Camazotz con Charles Wallace. ¡Se supone que tú eres capaz de ayudar! —El desencanto operaba sobre ella de un modo tan oscuro y corrosivo como la Cosa Negra. Las duras palabras salían de sus labios fríos, aun cuando ella misma no podía creer que era a su padre, a su amado y añorado padre, a quien estaba hablando de aquel modo. Si sus lágrimas no hubieran estado todavía congeladas, habrían fluído a borbotones de sus ojos.

Había hallado a su padre, y él no lo había arreglado todo. Todo seguía empeorando cada vez más. Si la larga búsqueda de su padre había terminado, y él no era capaz de superar todas las dificultades, nada podía garantizar que todo saldría bien al final. No cabía ninguna esperanza. Ella estaba congelada, y Charles Wallace estaba siendo devorado por ELLO, y su omnipotente padre no estaba haciendo nada. Se columpiaba en el balancín del amor y el odio, y la Cosa Negra inclinaba su peso hacia el odio.

—¡Ni siquiera sabes dónde estamos! —le gritó a su padre—. ¡No volveremos a ver ni a mamá ni a los mellizos! ¡No sabemos dónde está la Tierra! ¡O incluso dónde está Camazotz! ¡Estamos perdidos en el espacio! ¡¿Qué *es* lo que vas a *hacer*?! —No se daba cuenta de que se hallaba, tanto como Charles Wallace, en poder de la Cosa Negra.

El señor Murry se inclinó sobre ella, masajeándole los dedos fríos. Ella no pudo verle el semblante.

—Hija mía, yo no soy una señora Qué, o una señora Quién, o una señora Cuál. Sí, Calvin me ha contado todo lo que sabía. Soy un ser humano, y un ser humano muy falible. Pero estoy de acuerdo con Calvin. Fuimos enviados aquí por alguna razón. Y sabemos que todas las cosas actúan permanentemente en armonía con el fin perseguido por aquellos que son los llamados de conformidad con su propósito.

—¡La Cosa Negra! —le gritó Meg—. ¿Por qué dejaste que casi se apoderase de mí?

—Tú nunca has teselado tan bien como el resto de nosotros —le recordó Calvin—. Ni para Charles ni para mí fue nunca tan arduo como para ti.

—Entonces no debería haberme llevado —dijo Meg—, hasta aprender a hacerlo mejor.

Ni su padre ni Calvin hablaron. Su padre prosiguió con su suave masaje. Los dedos de Meg volvían a la vida con un doloroso escozor.

—¡Me haces daño!

—Entonces estás volviendo a sentir —dijo serenamente su padre—. Me temo que va a doler, Meg.

El dolor penetrante le fue subiendo lentamente por los brazos, y empezó en los pies y las piernas. Meg empezaba a imprecar contra su padre, cuando Calvin exclamó:

—¡Mira!

Tres figuras avanzaban hacia ellos en silencio a través de la hierba reseca.

¿Qué eran?

En Uriel había habido aquellas criaturas magníficas. En Camazotz los habitantes habían tenido cierta apariencia de personas. ¿Qué eran aquellas tres extrañas cosas que se aproximaban?

Eran del mismo color mustio de las flores.

Si no anduvieran erguidas, habrían parecido animales. Avanzaban directamente hacia los tres seres humanos. Tenían cuatro brazos, y mucho más de cinco dedos en cada mano, y los dedos no eran dedos, sino largos tentáculos oscilantes. Tenían cabeza, y tenían rostro. Pero mientras que los rostros de las criaturas de Uriel poseían una cualidad que trascendía lo humano, estos otros estaban lcjos de toda semejanza. Donde normalmente debían aparecer los rasgos de la cara había varias hendiduras, y en lugar de orejas y cabello tenían más tentáculos. Eran más altos, advirtió Meg a medida que se acercaban, mucho más altos que cualquier hombre. Carecían de ojos. Apenas unas leves depresiones.

El rígido cuerpo congelado de Meg procuró estremecerse de terror, pero en vez de un temblor todo lo que produjo fue dolor. Gimió.

Las Cosas estaban sobre ellos. Parecía que se inclinaban a mirarles, sólo que no tenían ojos con los que ver. El señor Murry continuaba de rodillas junto a Meg, masajeándola.

«Nos ha matado, trayéndonos aquí», pensó Meg. «Nunca volveré a ver a Charlcs Wallace, ni a mamá, ni a los mellizos...»

Calvin se puso de pie. Hizo una inclinación de cabeza hacia las bestias, como si pudieran verle.

—¿Cómo está usted, señor..., señora...?

—¿Quiénes son ustedes? —dijo la más alta de las bestias. Su voz no era ni hostil ni acogedora, y no provenía de la hendidura que hacía las veces de boca en su peludo rostro, sino de los oscilantes tentáculos.

«Van a devorarnos», pensaba la desquiciada Meg. «Me están haciendo doler. Mis pies..., mis dedos... Me duele...»

Calvin respondió a la pregunta de la bestia.

—Somos..., somos de la Tierra. No estoy seguro de cómo hemos llegado aquí. Hemos tenido un accidente. Meg, esta chica, está..., está paralizada. No puede moverse. Está terriblemente helada. Creemos que es por eso que no se puede mover.

Una de las bestias se acercó a Meg y se puso en cuclillas sobre sus enormes ancas a su lado, Meg experimentó una repugnancia y una revulsión extremas cuando la cosa extendió un tentáculo para tocarle la cara. Pero con el tentáculo llegó la misma delicada fragancia de la brisa que la acariciaba, y sintió un tibio hormigueo que recorría todo su cuerpo y momentáneamente le calmaba el dolor. Se sintió repentinamente somnolienta.

«Debo parecerle tan rara como ella a mí», pensó amodorrada, y enseguida se dio cuenta, con un sobresalto, que por supuesto la bestia no podía verla en absoluto. De todos modos, una reconfortante sensación de seguridad penetraba en ella con la tibieza que continuaba filtrándose profundamente en su cuerpo mientras la bestia la tocaba. Entonces, la cosa la levantó, acunándola en dos de sus cuatro brazos.

El señor Murry se irguió rápidamente.

—¿Qué está usted haciendo?

—Llevándome a la niña.

11. Tía-Bestia

–¡No! –dijo con decisión el señor Murry–. Por favor, déjela en el suelo.

Un sentimiento de diversión pareció emanar de las bestias. La más alta, que parecía ser el portavoz, dijo:

–¿Nos tiene usted miedo?

–¿Qué van a hacer con nosotros? –preguntó el señor Murry.

La bestia dijo:

–Lo siento, nos comunicamos mejor con el otro. –Se volvió hacia Calvin–. ¿Quién eres tú?

–Soy Calvin O'Keefe.

–¿Y qué es eso?

–Soy un muchacho. Un..., un joven.

–¿Tú también tienes miedo?

–No estoy..., seguro.

–Dime –dijo la bestia–. ¿Qué crees que haríais si tres de *nosotros* arribáramos repentinamente a tu planeta natal?

–Disparar contra ustedes, supongo –admitió Calvin.

–Entonces, ¿no es eso lo que deberíamos hacer con vosotros?

Las pecas de Calvin parecieron acentuarse, pero respondió con serenidad.

–Preferiría de veras que no lo hicieran. Quiero decir, la Tierra es mi hogar, y preferiría estar allí más que en cualquier parte del mundo –quiero decir, del universo– y no veo la hora de regresar, pero allí cometemos muchos errores inexcusables.

La menor de las bestias, la que sostenía a Meg, dijo:

–Y tal vez no están habituados a los visitantes de otros planetas.

–¡Habituados! –exclamó Calvin–. Jamás hemos tenido uno, que yo sepa.

–¿Por qué?

–No lo sé.

–No seréis de un planeta oscuro, ¿verdad? –dijo la bestia mediana, con un asomo de alarma en la voz.

–No. –Calvin negó enérgicamente con la cabeza, aunque la bestia no pudiera verle–. Estamos cubiertos por una sombra. Pero la estamos combatiendo.

–¿Los tres están combatiendo? –preguntó la bestia que sostenía a Meg.

–Sí –respondió Calvin–. Ahora que lo sabemos.

La más alta se volvió hacia el señor Murry, hablando con dureza.

–Usted. El más viejo. Hombre. ¿De dónde han venido? Venga.

El señor Murry contestó con firmeza.

–De un planeta llamado Camazotz. –Hubo un murmullo entre las bestias–. Nosotros no somos de allí –dijo el señor Murry lenta y claramente–. Eramos forasteros allí, al igual que lo somos aquí. Yo estaba allí prisionero, y estos chicos me rescataron. Mi hijo menor, mi pequeño, se encuentra todavía allí, atrapado en la mente tenebrosa de ELLO.

Meg intentó revolverse en los brazos de la bestia para mirar con furia a su padre y a Calvin.

¿Por qué estaban siendo tan francos? ¿No tenían conciencia del peligro? Pero de nuevo su furia se disolvió al fluir en ella la suave tibieza de los tentáculos. Notó que podía mover los dedos de las manos y de los pies con relativa libertad, y que el dolor no era ya tan agudo.

–Tenemos que llevar a esta criatura con nosotros –dijo la bestia que la sostenía.

–¡No me abandones como hiciste con Charles! –le gritó Meg a su padre. Con su explosión de terror, un espasmo de dolor le sacudió el cuerpo y la dejó jadeante.

–Cesa de luchar –le dijo la bestia–. Empeoras las cosas. Relájate.

–¡Eso es lo que decía ELLO! –gimió Meg–. ¡Papá! ¡Calvin! ¡Socorro!

La bestia se volvió hacia Calvin y el señor Murry.

–Esta criatura está en peligro. Debéis confiar en nosotros.

–No tenemos alternativa –dijo el señor Murry–. ¿Pueden ustedes salvarla?

–Creo que sí.

–¿Puedo permanecer con ella?

–No. Pero no estará usted lejos. Podemos percibir que usted se encuentra hambriento, fatigado, que le gustaría bañarse y descansar. Y esta pequeña... ¿cómo es la palabra? –La bestia dirigió los tentáculos hacia Calvin.

–Chica –dijo Calvin.

–Esta chica requiere un cuidado urgente y especial. La frialdad de... ¿cómo es que la llamáis?

–¿La Cosa Negra?

–La Cosa Negra. Sí. La Cosa Negra quema, a menos que se la neutralice adecuadamente. –En torno a Meg, las tres bestias parecían estar auscultándola con los tentáculos blandamente oscilantes. El movimiento de los tentáculos era rítmico y ondulante, como la danza de una planta submarina, y la yacente Meg, acunada en los cuatro extraños brazos, experimentaba sin quererlo una sensación de seguridad que superaba cuanto hubiera conocido desde la época en que, sentada su madre en la mecedora, la sostenía en sus brazos y le cantaba nanas para hacerla dormir. Con ayuda de su padre, había podido resistir a ELLO. Ahora, en cambio, ya no pudo mantener su resistencia. Apoyó la cabeza contra el pecho de la bestia, y notó que el gran cuerpo estaba cubierto de una piel maravillosamente suave y delicada, y que esa piel tenía el mismo delicioso olor que el aire.

«Espero que mi olor no le resulte espantoso», pensó. Pero al mismo tiempo supo, con una profunda sensación de bienestar, que aunque hubiera olido espantosamente, las bestias se lo perdonarían. Mientras la alta figura la mecía en sus brazos, Meg sintió que la helada rigidez de su propio cuerpo iba cediendo contra el de ella. Aquel deleite no podía venirle de una cosa como ELLO. ELLO sólo podía procurar dolor, no aliviarlo. Las bestias debían ser buenas. Tenían que ser buenas. Suspiró profundamente, como una niña muy pequeña, y repentinamente se quedó dormida.

Cuando volvió en sí había en el fondo de su mente un recuerdo del dolor, de dolor intenso. Pero el dolor había pasado, y su cuerpo estaba sumido en bienestar. Se hallaba tendida sobre algo maravillosamente blando, en un cuarto cerrado. Estaba oscuro. Lo único que veía de tanto en tanto eran unas altas sombras que se movían, y que debían ser las bestias que iban de un sitio a otro. Le habían quitado la ropa, y sentía que le restregaban el cuerpo suavemente con algo cálido y picante. Suspiró y se estiró, descubriendo que *podía* hacerlo. Podía moverse otra vez, ya no estaba paralizada, y su cuerpo era bañado en ondas de tibieza. Su padre no la había salvado; las bestias sí.

—¿Así que te has despertado, pequeña? —Las

palabras llegaban suavemente a sus oídos–. ¡Qué renacuajo más gracioso eres! ¿Se te ha ido ya el dolor?

–Totalmente.

–¿Te han vuelto el calor y la energía?

–Sí, me siento muy bien. –Pugnó por sentarse.

–No, quédate tumbada, pequeña. No debes esforzarte todavía. Dentro de un rato te daremos un vestido de piel, y después te alimentaremos. No debes siquiera intentar alimentarte sola. Tienes que comportarte como si fueras otra vez un infante. La Cosa Negra no renuncia fácilmente a sus víctimas.

–¿Dónde están papá y Calvin? ¿Han regresado por Charles Wallace?

–Están comiendo y descansando –dijo la bestia–, y estamos tratando de conocernos y ver qué es lo mejor para ayudaros. Ahora sabemos que no sois peligrosos, y sentimos que nos será posible ayudaros.

–¿Por qué está tan oscuro aquí? –preguntó Meg. Trató de mirar alrededor, pero no pudo ver más que sombras. A pesar de todo, había una sensación de espacio abierto, la percepción de una suave brisa que se movía levemente en torno, que hacían que la oscuridad no resultara opresiva.

Hasta Meg llegó la perplejidad de la bestia.

–¿Qué es eso de la oscuridad? ¿Qué es eso de la luz? No lo comprendemos. Tu padre y el chico, Calvin, también han preguntado lo mismo. Dicen que en nuestro planeta es ahora de noche, y que no pueden ver. Nos han dicho que nuestra atmósfera es lo que ellos llaman opaca, que por lo tanto las estrellas no son visibles, y luego se han sorprendido de que conozcamos las estrellas, de que conozcamos su música y los movimientos de su danza mucho mejor que los seres como vosotros, que os pasáis horas estudiándolas a través de lo que llamáis telescopios. Nosotros no entendemos qué significa eso de *ver*.

—Bueno, se trata de la apariencia de las cosas —dijo Meg, impotente.

—Nosotros no conocemos la *apariencia* de las cosas, como dices tú —dijo la bestia—. Nosotros sabemos lo que las cosas *son*. Debe ser algo muy restrictivo, eso de ver.

—¡Oh, no! —exclamó Meg—. ¡Es..., es la cosa más maravillosa del mundo!

—¡Qué mundo más extraño debe ser el vuestro! —dijo la bestia—, para que algo al parecer tan peculiar tenga tanta importancia. Trata de explicarme, ¿qué es esa cosa llamada *luz*, sin la cual apenas podéis pasaros?

—Pues bien, sin ella no podemos ver —dijo Meg, advirtiendo que era absolutamente incapaz de explicar la visión y la luz y la oscuridad. ¿Como puedes explicar la visión en un mundo en el que nunca nadie ha visto, y donde no hay necesidad de ojos?

—En este planeta, tenéis un sol, ¿no es así? —farfulló.

—Un maravilloso sol, del que provienen nuestro calor y los rayos que nos proporcionan nuestras flores, nuestro alimento, nuestra música, y todas las cosas que viven y crecen.

—Pues bien —dijo Meg—, cuando estamos vueltos hacia el sol, me refiero a la Tierra, a nuestro planeta de cara a nuestro sol, recibimos su luz. Y cuando estamos hacia el lado opuesto, es la noche. Y si queremos ver, tenemos que utilizar luz artificial.

—Luz artificial —suspiró la bestia—. Qué complicada debe ser la vida en vuestro planeta. Más adelante tendrás que tratar de explicarme un poco más.

—Muy bien —prometió Meg, aunque sabiendo que tratar de explicar cualquier cosa que pudiera ser vista con los ojos resultaría imposible, porque, por alguna razón, aquellas bestias veían, conocían, entendían, de una manera más completa que ella, o sus padres, o Calvin, o incluso Charles Wallace.

—¡Charles Wallace! —gimió—. ¿Qué están haciendo acerca de Charles Wallace? No sabemos qué le está haciendo ELLO u obligándole a hacer. ¡Por favor, oh, por favor, ayudadnos!

—Sí, sí, pequeña, seguro que os ayudaremos. Ahora mismo está teniendo lugar una reunión para estudiar la mejor manera de actuar. Hasta ahora nunca habíamos podido hablar con alguien que hubiera conseguido escapar de un planeta oscuro, de modo que, aunque tu padre se culpe a sí mismo de todo lo ocurrido, sabemos que tiene que ser una persona realmente extraordinaria para haber salido de Camazotz con vosotros y todo. Pero el pequeño, y tengo entendido que es un pequeño muy especial, un niñito muy importante..., ah, hija mía, tienes que aceptar que eso no va a ser fácil. *Regresar* a través de la Cosa Negra, *regresar* a Camazotz..., no sé. No sé.

—¡Pero papá le dejó allí! —dijo Meg—. ¡Tiene que traerlo! ¡No puede simplemente abandonar a Charles Wallace!

La comunicación de la bestia se tornó súbitamente crispada.

—Nadie ha dicho nada de abandonar a nadie. Ese no es nuestro modo de actuar. Pero sabemos que simplemente el querer una cosa no significa que vayamos a conseguirla, y todavía no sabemos *qué* hacer. Y no podemos permitir que tú, en tu estado actual, hagas algo que nos expondría a todos. Comprendo que deseas que tu padre regrese a toda prisa a Camazotz, y es posible que le indujeras a hacerlo; ¿y dónde estaríamos entonces? No. No. Debes esperar hasta que estés más calmada. Y ahora, querida, aquí tienes una túnica para que estés abrigada y cómoda. —Meg sintió que la alzaban de nuevo, y que una vestidura suave y liviana se deslizaba sobre su cuerpo.

—No te aflijas por tu hermanito. —Las palabras musicales de los tentáculos sonaron blandamente contra ella—. *Jamás* le dejaríamos del otro lado de la sombra. Pero por el momento debes relajarte, debes estar feliz, debes ponerte bien.

La dulzura de las palabras, la convicción de que aquella bestia sería capaz de quererla no importa qué dijera o hiciese, sirvieron a Meg de tibio y reconfortante arrullo. Sintió el delicado roce de un tentáculo contra su mejilla, tierno como un beso materno.

—Ha pasado tanto tiempo desde que mis propios pequeños crecieron y se fueron —dijo la bestia—. Eres tan diminuta y vulnerable. Ahora voy a alimentarte. Debes tomarlo lentamente y sin agitarte. Sé que estás casi desfalleciente, que has estado demasiado tiempo sin alimento, pero no debes precipitarte, o no te pondrás bien.

Algo total, indescriptible e increíblemente delicioso fue colocado entre los labios de Meg, que lo deglutió agradecida. Con cada bocado sentía que la energía retornaba a su cuerpo, y se dio cuenta de que no había comido nada desde la horrible cena de pavo en Camazotz, que apenas había degustado. ¿Cuánto hacía desde el guiso de su madre? El tiempo ya no tenía ningún significado.

—¿Cuánto dura aquí la noche? —murmuró adormilada—. Volverá a ser de día, ¿verdad?

—Shh —dijo la bestia—. Come, pequeña. Durante el frescor, que es ahora, dormimos. Y cuando despiertes habrá calor otra vez, y muchas cosas que hacer. Ahora debes comer, y dormir, y yo me quedaré contigo.

—¿Cómo debo llamarla? —preguntó Meg.

—Bueno, veamos. Primero, trata de no decir palabra alguna durante un rato. Piensa sin hablar.

Piensa en todas las cosas a las que llamas gente, gente de diferentes clases.

Mientras Meg pensaba, la bestia le murmuraba suavemente:

—No, *madre* es un nombre especial, único; y un padre lo tienes ya aquí. Amiga solamente no, ni maestra, ni hermano ni hermana. ¿Qué es un *conocido*? ¡Qué palabra más rara y malsonante! Tía. Puede ser. Sí, tal vez esa sirva. Y piensas unas palabras tan excéntricas con respecto a mí: ¡*cosa*, y *monstruo*! *Monstruo*, ¡qué palabra más horrible! Verdaderamente, no creo que sea un monstruo. *Bestia*. Esa está bien. *Tía-Bestia*.

—Tía-Bestia —murmuró Meg amodorrada, y se rió.

—¿He dicho algo gracioso? —preguntó sorprendida Tía-Bestia—. ¿No está bien Tía-Bestia?

—Tía-Bestia es adorable —dijo Meg—. Por favor, Tía-Bestia, cántamelo.

Si imposible había sido describirle a Tía-Bestia la visión, más imposible aún habría resultado describirle a un ser humano el canto de la Tía-Bestia. Era una música aún más gloriosa que la de las criaturas que cantaban en Uriel. Era una música más tangible que cualquier forma o visión. Poseía esencia y estructura. Abrazaba a Meg con más firmeza que los brazos de la Tía-Bestia. Pareció viajar con ella, arrastrarla en alto en los dominios del sonido, de tal modo que se sintió desplazándose extasiada entre las estrellas, y por un momento también ella sintió que las palabras Oscuridad y Luz carecían de sentido, y que únicamente aquella melodía era lo real.

Meg no supo cuándo cayó dormida en la masa de aquella música. Al despertar, Tía-Bestia se había dormido también, con la peluda cabeza sin cara inclinada hacia adelante. La noche había pasado, y una mortecina luz gris llenaba la habitación. Pero Meg comprendió entonces que allí en aquel planeta no había necesidad del color, que los grises y pardos que se mezclaban entre sí no eran lo que las bestias percibían, y que lo que veía ella misma era sólo una porción infinitesimal del aspecto real del planeta. Era ella la que estaba limitada por sus sentidos, y no las bestias ciegas, pues éstas debían poseer sentidos que ella ni siquiera podía imaginar.

Se agitó ligeramente, y Tía-Bestia se inclinó inmediatamente sobre ella.

—Magnífico sueño, mi querida. ¿Te sientes bien?

—Me siento estupendamente —dijo Meg—. Tía-Bestia: ¿cómo se llama este planeta?

—Oh —suspiró Tía-Bestia—, la verdad es que no me resulta nada fácil adaptarme a la forma en que vuestra mente concibe las cosas. ¿Llamáis Camazotz al lugar de donde habéis venido?

—Bueno, es de donde hemos venido, pero no nuestro planeta.

—Creo que podéis llamarnos Ixchel —le dijo Tía-Bestia—. Compartimos el mismo sol con el perdido Camazotz, pero eso es, felizmente, todo cuanto compartimos.

—¿Lucháis contra la Cosa Negra? —preguntó Meg.

—Oh, sí —replicó Tía-Bestia—. En cuanto a eso, jamás podemos darnos reposo. Somos los llamados de acuerdo a Su designio, y aquellos a quienes Él convoca obtienen asimismo de Él su justificación. Desde luego, tenemos ayuda, y sin ayuda sería mucho más difícil.

—¿Quién os ayuda? —preguntó Meg.

—Es que es tan difícil explicarte las cosas, pequeña. Y yo sé que no es sólo porque eres una niña. Es igualmente arduo comunicarse con los otros dos. ¿Qué puedo decirte, que tenga algún sentido para ti?: el bien nos ayuda, las estrellas nos ayudan, tal vez lo que llamáis *luz* nos ayuda, el amor nos ayuda. ¡Oh, mi niña, no puedo explicártelo! Esto es algo que simplemente sabes o no sabes.

—Pero...

—Nosotros no miramos las cosas que tú llamarías visibles, sino las que no son visibles. Pues las cosas que se ven son temporales. Pero las que no se ven, son eternas.

—Tía-Bestia, ¿conocéis a la señora Qué? —preguntó Meg, súbitamente esperanzada.

—¿La señora Qué? —Tía-Bestia estaba intrigada—. Oh, niña, tu lenguaje es tan absolutamente simple y limitado, que resulta en extremo complicado. —Extendió sus cuatro brazos; haciendo ondular los tentáculos en un gesto de impotencia—. ¿Te gustaría que te llevase junto a tu padre y tu Calvin?

—¡Oh, sí, te lo ruego!

—Vamos, pues. Te están esperando para hacer planes. Y pensamos que te encantaría, ¿cómo es que lo llamáis?: ah, sí, desayunar, juntos. Debes estar demasiado abrigada ahora, con esa gruesa piel. Te vestiré con algo más liviano, y luego iremos.

Como si Meg fuese un bebé, Tía-Bestia la bañó y la vistió, y aquella nueva vestimenta, aunque hecha de una piel pálida, era más liviana que las ropas más livianas de verano en la Tierra. Tía-Bestia rodeó la cintura de Meg con uno de sus brazos tentaculares, y la condujo a lo largo de extensos y apenas iluminados pasillos, en los que sólo alcanzaba a percibir sombras, y sombras de sombras, hasta que llegaron a un amplio recinto rodeado de columnas. Por una claraboya abierta entraban abundantes rayos de luz que convergían hacia una enorme mesa circular, de piedra. Allí, en un banco de piedra que circundaba la mesa, estaban sentadas varias de las grandes bestias, así como Calvin y el señor Murry. Debido a que las bestias eran tan altas, incluso el señor Murry no alcanzaba a tocar el suelo con los pies, y las piernas largas y flacas de Calvin se columpiaban como si el muchacho hubiera sido Charles Wallace. El vestíbulo estaba cerrado en parte por arcos abovedados que conducían hacia unos largos y pavimentados senderos. No había muros vacíos, ni techumbres, de manera que aunque la luz era opaca en comparación con la iluminación diurna en la Tierra, Meg no experimentaba ninguna sensación de oscuridad o de frío. Cuando Tía-Bestia introdujo a Meg, el señor Murry se deslizó del banco y se dirigió de prisa hacia ella, rodeándola tiernamente con sus brazos.

—Me aseguraron que estabas perfectamente —dijo.

Mientras había estado en brazos de Tía-Bestia, Meg se había sentido a salvo y segura. Ahora, sus preocupaciones acerca de Charles Wallace y su desencanto por la humana fiabilidad de su padre, volvieron a atenazarle la garganta.

—Estoy bien —murmuró, mirando, no a Calvin o a su padre, sino a las bestias, pues era hacia ellas que ahora se volvía en busca de socorro. Le parecía que ni Calvin ni su padre estaban debidamente angustiados por la suerte de Charles Wallace.

—¡Meg! —exclamó alegremente Calvin—. ¡En tu vida has probado una comida como ésta! ¡Ven a comer!

Tía-Bestia alzó a Meg hasta el banco y se sentó junto a ella. Luego llenó un plato con comida, frutos y harinas cuyo sabor difería del de cualquier cosa que hubiera probado jamás. Todo era opaco e incoloro y nada apetitoso a la vista, y al principio Meg dudó en probarlo, pero una vez que hubo dado el primer bocado, comió ávidamente; pareció que nunca iba a darse por satisfecha.

Los demás aguardaron hasta que ella aplacó su voracidad. Entonces el señor Murry dijo gravemente:

—Estábamos tratando de idear un plan para

rescatar a Charles Wallace. En vista del error grave que cometí cuando teselaba para alejarme de ELLO, consideramos que no sería prudente que yo regresase a Camazotz, ni siquiera solo. Si volviera a equivocar el cálculo, podría fácilmente perderme y quedar vagando para siempre de galaxia en galaxia, y eso sería de poca ayuda para cualquiera, y menos que todo para Charles Wallace.

La ola de abatimiento que inundó a Meg fue tal, que ya no pudo seguir comiendo.

–Nuestros amigos aquí presentes –continuó él– están convencidos de que lo único que me mantuvo dentro de este sistema solar, fue el hecho de que todavía conservara puestas las gafas que tu señora Quién te entregó. Aquí están, Meg. Pero me temo que han perdido la virtud que poseían, y que ahora no son más que cristal. Quizás estuvieran pensadas para servir sólo una vez, y sólo en Camazotz. Tal vez se inutilizaron al atravesar la Cosa Negra. –Empujó las gafas a través de la mesa hacia Meg.

–Esta gente sabe teselar –dijo Calvin, abarcando con un gesto a las grandes bestias–, pero no pueden hacerlo sobre un planeta oscuro.

–¿Habéis intentado llamar a la señora Qué? –preguntó Meg.

–Todavía no –contestó su padre.

–Pero si no habéis pensado en ninguna otra cosa, ¡es lo *único* que se puede hacer! Padre: ¡Charles no te importa en absoluto!

Al oír esto, Tía-Bestia se levantó, diciendo «¡Niña!» en tono de reprobación. El señor Murry no dijo nada, y Meg vio que le había herido profundamente. Reaccionó como habría reaccionado ante el señor Jenkins. Con el ceño fruncido y la mirada clavada en la mesa, dijo:

–*Tenemos* que pedirles ayuda ahora. Eres un estúpido si piensas que no.

Tía-Bestia habló dirigiéndose a los otros.

—La niña está fuera de sí. No la juzguéis con dureza. La Cosa Negra ha estado a punto de apoderarse de ella. A veces ignoramos qué daño espiritual ha producido, aunque la recuperación física sea completa.

Meg miró enfurruñada en torno a la mesa. Allí estaban las bestias sentadas, silenciosas, inmóviles. Sintió que la medían y descubrían sus carencias.

Calvin giró hacia ella, al tiempo que se apartaba y se erguía.

—¿No se te ha ocurrido que hemos estado tratando de hablarles de las señoras? ¿A qué crees que nos hemos estado dedicando todo este tiempo? ¿A mirarnos las caras? Está bien, haz tú la prueba.

—Sí. Inténtalo, pequeña. —Tía-Bestia volvió a sentarse, y atrajo a Meg hacia sí—. Pero no entiendo esta sensación de enojo que percibo en ti. ¿De qué se trata? Tiene algo de reproche, y de culpa. ¿Por qué?

—Tía-Bestia, ¿es que no sabéis?

—No —dijo Tía-Bestia—. Pero esto no va a decirme nada acerca de..., quien quiera que sea que queréis que conozcamos. Inténtalo.

Meg lo intentó. Desatinadamente. Chapuceramente. Al principio describió a la señora Qué, con su abrigo de hombre y sus chales y pañuelos multicolores. A la señora Quién y sus blancas vestiduras y gafas refulgentes, y a la señora Cuál con su sombrero picudo y su negro manto, y su inestable presencia corpórea. Luego se dio cuenta de que aquello era absurdo. Las estaba describiendo únicamente para sí. Aquello no era la señora Qué, ni la señora Quién, ni la señora Cuál. Habría sido lo mismo si hubiese descrito a la señora Qué tal como era cuando adoptaba la forma de una de las criaturas aladas de Uriel.

—No trates de utilizar palabras —dijo Tía-

Bestia en tono sedante–. No haces sino luchar contigo misma y conmigo. Piensa en lo que *son*. El *aspecto* no nos ayuda para nada.

Meg lo intentó otra vez, pero no pudo extraer de su mente un concepto visual. Trató de pensar en la Sra. Qué explicando la teselación. Trató de pensar en ellas en términos matemáticos. De vez en cuando le parecía percibir un destello de comprensión por parte de Tía-Bestia o de una de las otras, pero la mayor parte del tiempo todo lo que emanaba de ellas era un amable desconcierto.

–¡Angeles! –gritó de pronto Calvin desde el otro lado de la mesa–. ¡Angeles guardianes!

Hubo un momento de silencio, y él volvió a gritar, con el rostro contraído por la concentración mental:

–¡Mensajeras! ¡Mensajeras de Dios!

–Por un instante pensé... –empezó a decir Tía-Bestia, y luego se interrumpió, suspirando–. No. No está bastante claro.

–Qué curioso es que no puedan comunicarnos lo que ellos mismos parecen saber –murmuró una de las bestias, alta y delgada.

Uno de los brazos tentaculares de Tía-Bestia volvió a ceñir la cintura de Meg.

–Son muy jóvenes. Y en su Tierra, como la llaman, nunca se comunican con otros planetas. Giran aislados en el espacio.

–Oh –dijo la bestia delgada–, ¿no se sienten *solitarios*?

Y de pronto, una voz tronante resonó en todo el gran recinto:

–¡AQQUUÍ ESSTTAMOSS!

12. Los simples y los débiles

Meg no vio nada, pero sintió que su corazón se henchía de esperanza. Las bestias se pusieron de pie todas a un tiempo, se volvieron hacia uno de los arcos, y efectuaron con la cabeza y los tentáculos un gesto de saludo. La señora Qué hizo su aparición, de pie entre dos columnas. A su lado apareció la señora Quién, y detrás de ellas una pulsación luminosa. Ninguna de las tres lucía exactamente igual a como Meg las había visto la primera vez. Sus contornos parecían borrosos; los colores se confundían, como en una acuarela mojada. Pero allí estaban; eran reconocibles; eran ellas.

Meg se desprendió de Tía-Bestia, saltó al suelo, y corrió hacia la señora Qué. Pero la señora Qué hizo un gesto de advertencia con la mano, y Meg comprendió que todavía no se había materializado por completo, que todavía era luz, y no substancia, y que abrazarla ahora habría sido como tratar de estrechar un rayo de sol.

–Tuvimos que darnos prisa, así que apenas hubo tiempo... ¿Nos necesitabais?

La más alta de las bestias se inclinó de nuevo y dio un paso apartándose de la mesa en dirección a la señora Qué.

–Se trata del niño pequeño.

—¡Papá lo ha dejado! ¡Lo ha dejado en Camazotz!

Para su consternación, la voz de la señora Qué fue fría:

—¿Y qué esperas que hagamos?

Meg se apretó los nudillos contra los dientes, hasta que los ganchos le cortaron la piel. Entonces extendió los brazos suplicante.

—Pero ¡es Charles Wallace! ¡ELLO lo tiene, señora Qué! ¡Sálvelo! ¡Por favor, sálvelo!

—Tú sabes que nada podemos hacer en Camazotz —dijo la señora Qué, todavía en tono helado.

—¿Quiere decir que quedó para siempre en poder de ELLO? —la voz de Meg se convirtió en un chillido.

—¿He dicho yo eso?

—¡Pero nosotros no podemos hacer nada! ¡Usted lo sabe! ¡Lo hemos intentado! Señora Qué: ¡tiene usted que salvarle!

—Meg, esto no es para nosotras —dijo tristemente la señora Qué—. Pensé que sabrías que esto no es para nosotras.

El señor Murry dio un paso adelante e hizo una inclinación de cabeza, y para sorpresa de Meg, las tres señoras le devolvieron el gesto.

—Creo que no hemos sido presentados —dijo la señora Qué.

—Es mi padre, sabéis que es mi padre —la irritada impaciencia de Meg iba en aumento—. Papá..., la señora Qué, la señora Quién, la señora Cuál.

—Tengo mucho gusto en... —balbuceó el señor Murry, y luego prosiguió—. Lo siento, se me han roto las gafas, y no alcanzo a verlas muy bien.

—No es necesario vernos —dijo la señora Qué.

—Si pudieran ustedes instruirme lo bastante acerca del teselacto como para que pudiera regresar a Camazotz...

—¿Qqué occurriríaa? —intervino la sorprendente voz de la señora Cuál.

—Intentaría arrebatarle mi hijo a ELLO.

—¿Y ssabbe usstted qque nno tenddría éxxitto?

—La única posibilidad que queda es intentarlo.

La señora Qué habló con suavidad:

—Lo siento. No podemos permitirle que vaya.

—Dejadme a mí, entonces —sugirió Calvin—. Yo estuve a punto de conseguirlo.

La señora Qué sacudió la cabeza.

—No, Calvin. Charles se ha adentrado más aún en ELLO. No te permitiremos que te hundas con él, que es, debes comprenderlo, lo que sucedería.

Hubo una larga pausa. Todos los suaves rayos que se filtraban en el gran vestíbulo parecían concentrarse sobre la señora Qué, la señora Quién, y la débil luz que debía ser la señora Cuál. Nadie hablaba. Una de las bestias movía lentamente un zarcillo sobre la mesa de piedra, hacia adelante y hacia atrás. Finalmente, Meg no pudo soportarlo más y exclamó, con desesperación:

—Entonces, ¿qué váis a hacer? ¿Es que vamos simplemente a desechar a Charles?

La voz de la señora Cuál atronó el recinto:

—¡Ssilenncio, nniñña!

Pero Meg no podía estarse callada. Se apretó estrechamente contra Tía-Bestia, pero Tía-Bestia no la rodeó con sus tentáculos protectores.

—¡*Yo* no puedo ir! —gimió Meg—. ¡No puedo! ¡Sabéis que no puedo!

—¿Algguienn tte lo ha ppeddiddo? —La formidable voz le puso la carne de gallina.

Rompió a llorar. Empezó a golpear a Tía-Bestia, como un niño pequeño con una pataleta. Las lágrimas le inundaron el rostro y se esparcieron sobre la piel de Tía-Bestia. Tía-Bestia aguantó serenamente la acometida.

—¡Está bien, iré! —sollozó Meg—. ¡Yo sé que queréis que vaya yo!

—No queremos que hagas nada que no tengas ganas de hacer, ni nada que no comprendas —dijo la señora Qué.

Las lágrimas de Meg cesaron tan abruptamente como habían empezado.

—Pero es que sí comprendo. —Se sintió cansada e inesperadamente sosegada. Ahora la frialdad que, bajo los buenos oficios de Tía-Bestia, había abandonado su cuerpo, había abandonado también su mente. Miró a su padre, y su confusa irritación hacia él se había disipado, y sólo experimentó amor y orgullo. Le sonrió, pidiéndole perdón, y luego se estrechó contra Tía-Bestia. Esta vez, el brazo de Tía-Bestia la envolvió.

El tono de la señora Cuál fue grave:

—¿Qqueé ess lo qque commpprenddess?

—Que tengo que ser yo. No puede ser nadie más. Yo no comprendo a Charles, pero él me comprende a mí. Soy quien está más próximo a él. Papá ha estado lejos durante mucho tiempo, desde que Charles Wallace era un bebé. No se conocen el uno al otro. Y Calvin sólo ha conocido a Charles durante un brevísimo tiempo. Si hubiera sido más tiempo, él hubiera sido el más idóneo, pero..., oh, lo veo, está claro, tengo que ser yo. No hay nadie más.

El señor Murry, que había permanecido sentado, con los codos apoyados en las rodillas y el mentón en los puños, se levantó.

—¡No lo permitiré!

—¿Ppor qqueé? —inquirió la señora Cuál.

—Vea, yo no sé qué o quién es usted, y a estas alturas tampoco me importa. No permitiré que mi hija arrostre sola este peligro.

—¿Ppor qqueé?

—¡Usted sabe cuál va a ser probablemente el resultado! Y clla está debilitada ahora, más débil de lo que estaba. La Cosa Negra estuvo a punto de matarla. No comprendo cómo puede usted considerar siquiera una cosa semejante.

Calvin intervino bruscamente.

—¡Quizás ELLO tiene razón acerca de ustedes! O tal vez ustedes están en combinación con ELLO. ¡Si alguien tiene que ir, ese alguien *soy yo*! ¿Para qué me trajeron, específicamente?: para cuidar de Meg. ¡Usted misma lo dijo!

—Pero eso es lo que has hecho —le aseguró la señora Qué.

—¡Yo no he hecho nada! —gritó Calvin—. ¡No puede mandar a Meg! ¡No lo permitiré! ¡Me opongo! ¡No lo permitiré!

—¿No ves que estás haciendo que una cosa que de antemano es dura para Meg, le resulte todavía más difícil? —le preguntó la señora Qué.

Tía-Bestia volvió sus tentáculos hacia la señora Qué.

—¿Está lo bastante fuerte como para teselar otra vez? Usted sabe por lo que ha pasado.

—Si Cuál la lleva, puede arreglárselas —dijo la señora Qué.

—Si fuera útil, podría ir también yo y sostenerla. —El brazo de Tía-Bestia se estrechó más en torno a Meg.

—Oh, Tía-Bestia... —empezó a decir Meg. Pero la señora Qué la interrumpió:

—No.

—Me lo temía —dijo humildemente Tía-Bestia—. Sólo quería que supieras que lo haría.

—Señora..., este..., señora Qué. —El señor Murry arrugó la frente y se echó hacia atrás el cabello que le caía sobre la cara. Después se tocó con el dedo mayor el caballete de la nariz, como si procurara ajustarse unas imaginarias gafas:

—¿Está usted teniendo en cuenta que se trata de apenas una niña?

—Y retardada —bramó Calvin.

–Eso me ofende –dijo Meg con calor, esperando que la indignación le sirviera para controlar su temblor–. Soy mejor que tú en matemáticas, y lo sabes muy bien.

–¿Tienes el valor necesario para ir tú sola? –le preguntó la señora Qué.

El tono de Meg fue categórico.

–No. Pero eso no importa. –Se volvió hacia Calvin y su padre–. Sabéis que es lo único que se puede hacer. Sabéis que jamás me mandaría sola si...

–¿Cómo sabemos que no están en combinación con ELLO? –preguntó el señor Murry.

–¡Papá!

–No, Meg –dijo la señora Qué–. No culpo a tu padre por estar irritado y asustado, y lleno de sospechas. Y no puedo simular que estemos haciendo otra cosa que enviarte al mayor de los peligros. Tengo que reconocer abiertamente que puede resultar un peligro fatal. Lo sé. Pero no lo creo. Y tampoco lo cree la Médium Feliz.

–¿No puede ella ver qué va a suceder? –preguntó Calvin.

–Oh, no en un asunto de esta clase. –La señora Qué pareció sorprendida por la pregunta–. Si conociéramos por adelantado lo que va a suceder, seríamos..., seríamos como la gente de Camazotz, seres sin una vida propia, con todo planificado y hecho. ¿Cómo explicarte? Oh, ya sé. En vuestro lenguaje existe una forma de poesía llamada soneto.

–Sí, sí –dijo Calvin con impaciencia–. ¿Y eso qué tiene que ver con la Médium Feliz?

–Ten la amabilidad de escucharme. –El tono de voz de la señora Qué fue severo, y por un momento Calvin dejó de patear el suelo como un potro nervioso.

–Se trata de una forma poética muy rigurosa, ¿no es así?

–Sí.

—Hay catorce versos, creo todos en pentámetros yámbicos. Ese es un ritmo o metro muy riguroso, ¿verdad?

—Sí —asintió Calvin.

—Y cada verso ha de terminar según una rima determinada e invariable. Y si el poeta no lo construye precisamente de ese modo, ya no será un soneto, ¿no?

—No.

—Pero dentro de esta forma estricta, el poeta tiene absoluta libertad para decir lo que quiera, ¿verdad?

—Sí. —Calvin asintió de nuevo.

—Pues ahí tienes —dijo la señora Qué.

—¿Tengo qué?

—¡Oh, no te hagas el tonto, muchacho! —le reprendió la señora Qué—. Sabes perfectamente bien adónde quiero ir a parar.

—¿O sea que está usted comparando nuestra vida a un soneto? Una forma estricta, pero con libertad en su interior.

—Sí —dijo la señora Qué—. Se os da la forma, pero el soneto tenéis que escribirlo vosotros. Lo que digáis, depende absolutamente de vosotros.

—Por favor —dijo Meg—. Por favor. Si tengo que ir, quiero ir y acabar de una vez. Cada minuto que lo aplazáis, lo hace más difícil.

—Ttienne rrazzónn —anunció la voz de la señora Cuál—. Ess hooraa.

—Puedes despedirte. —La señora Qué no le estaba dando permiso, sino una orden. Meg hizo una torpe reverencia hacia las bestias.

—Gracias a todas. Muchas gracias. Sé que me han salvado la vida. —Meg no agregó algo que no pudo evitar preguntarse: «¿Salvado, para qué? ¿Para que ELLO pudiera apoderarse de mí?»

Abrazó a Tía-Bestia, estrechándose contra su piel suave y fragante.

—Gracias —musitó—. Te quiero.

—Y yo a ti, pequeña. —Tía-Bestia presionó suavemente con sus zarcillos el rostro de Meg.

—Cal... —dijo Meg, extendiendo la mano.

Calvin se aproximó y le tomó la mano; luego la atrajo bruscamente hacia sí y la besó. No dijo nada, y se alejó sin tener oportunidad de ver la sorprendida felicidad en los ojos encendidos de Meg.

Finalmente, se volvió hacia su padre.

—Lo..., lo siento, papá.

El le tomó las dos manos entre las suyas, inclinándose hacia ella con sus ojos miopes.

—No ha sido nada, Megatona.

Los ojos de Meg estuvieron a punto de llenarse de lágrimas ante la tierna mención del viejo apodo.

—Quería que lo hicieras todo en mi lugar. Quería que todo fuera fácil y sencillo... Por eso traté de figurarme que todo era culpa tuya..., porque estaba asustada, y no quería tener que hacer nada por mí misma...

—Pero yo quería hacerlo por ti —dijo el señor Murry—. Eso es lo que quiere cualquier padre. No dejaré que vayas, Meg. Iré yo —agregó, mirándola a los ojos oscuros y asustados.

—No. —La voz de la señora Qué le sonó a Meg más firme de lo que la hubiese oído nunca—. Usted va a conceder a Meg el privilegio de aceptar ese riesgo. Es usted un hombre sensato, señor Murry. Va usted a dejarla ir.

El señor Murry suspiró. Atrajo a Meg hacia sí.

—Pequeña Megatona. No tengas miedo de tener miedo. Nosotros trataremos de ser valerosos por ti. Es todo cuanto podemos hacer. Tu madre...

—Mamá siempre estaba empujándome a lanzarme al mundo —dijo Meg—. Ella querría que lo hiciera. Tú sabes que sí. Dile... —se detuvo, tragó saliva, luego irguió la cabeza—: No. No le digas nada. Se lo diré yo misma.

—Así me gusta. Por supuesto que se lo dirás.

Meg anduvo lentamente rodeando la gran mesa hacia donde la señora Qué permanecía aún serenamente entre las columnas.

—¿Vendrá usted conmigo?

—No. Sólo la señora Cuál.

—La Cosa Negra... —El temor le hizo temblar la voz—. Cuando papá me hizo teselar a través de ella, la Cosa Negra casi me coge.

—Tu padre es particularmente inexperto —dijo la señora Qué—, aunque es un hombre excelente y a quien vale la pena enseñar. Por el momento, todavía intenta teselar como si estuviese manejando una máquina. No dejaremos que la Cosa Negra se apodere de ti. No creo.

Aquello no era exactamente reconfortante.

La confianza y la fe que momentáneamente habían poseído a Meg decayeron.

—Pero supongamos que no puedo arrancar a Charles Wallace de ELLO...

—Alto. —La señora Qué levantó una mano—. La última vez que te llevamos a Camazotz, te otorgamos varios dones. No te dejaremos ir esta vez con las manos vacías. Pero lo que ahora podemos darte no es nada que puedas tocar con las manos. Yo te doy mi afecto, Meg. Nunca olvides eso. Mi afecto perenne.

La señora Quién, con los ojos brillantes detrás de las gafas, refulgió hacia Meg. Meg echó mano al bolsillo de su chaqueta y le devolvió las gafas que había utilizado en Camazotz.

—Tu padre tiene razón. —La señora Quién cogió las gafas y las escondió entre los pliegues de su vestimenta—. Han perdido sus propiedades. Y lo que tengo para darte esta vez, debes tratar de entenderlo, no palabra por palabra, sino mediante un golpe de intuición, tal como entendiste el teselacto. Escucha, Meg. Escucha bien. *Aún en la simpleza, Dios es más sabio que los hombres; e incluso en la debilidad, Dios es más fuerte que los hombres. Por vuestra propia experiencia, hermanos, veis cómo, entre los sabios apegados a lo carnal, entre los poderosos, entre los de más linaje, no son muchos los llamados por Él. Pues Dios ha querido que las cosas simples de este mundo desconcierten al sabio; y Dios ha dispuesto que las cosas más débiles de este mundo prevalezcan sobre las potentes. Y las cosas de menor valor, las cosas despreciadas de este mundo, han sido escogidas por Dios, sí, y las cosas que no son, para convertir en nada las que son.*

Hizo una pausa, y luego dijo:

–Que prevalezca el bien. –Sus antiparras parecieron flamear. Detrás de ella, a su través, una de las columnas se hizo visible. Hubo un último resplandor de las gafas, y la señora Quién desapareció. Meg miró nerviosamente hacia donde había estado la señora Qué antes de que hablara la señora Quién. Pero la señora Qué ya no estaba.

–¡No! –gritó el señor Murry, y dio un paso hacia Meg.

La voz de la señora Cuál llegó a través de su resplandor:

–Nno ppueddo ddartte la mmano, nniña.

En el mismo instante, Meg fue arrastrada a la oscuridad, a la nada, y después fue engullida por el frío helado de la Cosa Negra. « La señora Cuál no dejará que se apodere de mí », pensaba una y otra vez mientras el frío de la Cosa Negra parecía hacerle crujir los huesos.

Y de pronto la habían atravesado, y se encontró de pie y sin aliento, en la misma colina sobre la que habían aterrizado por vez primera en Camazotz. Se sintió fría y un poco entumecida, pero no peor de lo que solía sentirse cuando salía al campo en invierno a patinar sobre el lago helado. Miró a su alrededor. Estaba completamente sola. El corazón empezó a latirle con violencia.

Entonces, como un eco que viniera a la vez

de todos los sitios en torno a ella, llegó la voz inolvidable de la señora Cuál: «Nno tte he heecho mmi offrendda. *Ttú ppossees alggo qque ELLLO nno ppossee.* Esse alggo ess ttu únnica arrmma. Ppero debbes desscubbrirla ppor ttí mmissmma». Luego, la voz cesó, y Meg supo que estaba sola.

Bajó lentamente la colina, con el corazón golpeándole penosamente contra las costillas. Allí abajo estaba la misma hilera de casas idénticas que habían visto antes, y más allá, los edificios alineados de la ciudad. Caminó a lo largo de la silenciosa calle. Estaba oscuro, y la calle estaba desierta. Ninguna criatura jugando a la pelota o saltando a la comba. Ninguna figura materna asomada a la puerta. Ninguna figura paterna regresando del trabajo. En la misma ventana de cada casa había una luz, y mientras Meg avanzaba calle abajo, todas se extinguieron simultáneamente. ¿Era debido a su presencia, o era simplemente que era la hora de apagar las luces?

Se sentía impávida, más allá de la ira o el desencanto, o incluso el temor. Iba colocando un pie delante del otro con precisa regularidad, sin permitir que su andar se alterase.

No pensaba; no planeaba; simplemente marchaba, con lentitud pero con firmeza, hacia el centro de la ciudad, y hacia el edificio con cúpula donde yacía ELLO.

Ahora se aproximaba a los edificios que circundaban el centro. En cada uno de ellos había una línea vertical de luz, pero era una luz velada, fantasmal, no la luz cálida de las escalinatas de los edificios en la Tierra. Y no había ventanas aisladas iluminadas brillantemente, de lugares en donde alguien se hubiera quedado trabajando hasta tarde o de una oficina que estuvieran limpiando. De cada uno de los edificios salió un hombre, tal vez un sereno, y cada uno empezó a recorrer la extensión de la fachada del edificio. Parecieron no verla. En todo caso, no le prestaron ninguna atención, y Meg continuó andando.

«¿Qué poseo yo que no posea ELLO?», pensó de pronto. «¿Qué puede ser?»

Ahora pasaba por delante del más alto de los edificios de oficinas. Más líneas verticales de luz. Los muros brillaban ligeramente, para dar a las calles una leve iluminación. La Central CENTRAL de Inteligencia quedaba más adelante. ¿Estaría todavía allí sentado el hombre de los ojos rojos? ¿O se le permitía irse a dormir? Pero no era allí adonde ella debía ir, aunque, comparado con ELLO, el hombre de los ojos rojos era el amable caballero anciano que pretendía ser. Pero en cuanto a la búsqueda de Charles Wallace, ya no tenía ninguna importancia. Debía ir directamente hacia ELLO.

ELLO no está habituado a encontrar resistencia. Papá dijo que eso fue lo que le sirvió, y lo que nos sirvió a Calvin y a mí, en la medida en que le resistimos. Papá me salvó entonces. Ahora no hay aquí nadie para salvarme. Tengo que hacerlo yo misma. Tengo que resistir a ELLO yo sola. ¿Es eso lo que yo poseo, y ELLO no? No, estoy segura de que ELLO es capaz de resistir. A lo que no está acostumbrado es a que *otro* se le resista.

La Central CENTRAL de Inteligencia bloqueaba, con su imponente mole rectangular, el lado opuesto de la plaza. Meg se desvió para circunvalar la plaza, y casi sin darse cuenta aminoró la marcha.

No estaba ya lejos de la gran cúpula que albergaba a ELLO.

«Estoy yendo hacia Charles Wallace. Eso es lo que importa. Es en eso en lo que tengo que pensar. Ojalá pudiera estar abstraída como al principio. ¿Y si ELLO le tuviera en alguna otra parte? ¿Si no estuviera allí? De todos modos, tengo que ir allí primero. Es la única forma de saberlo».

Su andar se fue haciendo cada vez más lento según fue dejando atrás las grandes puertas de bronce, las enormes losas del edificio de la Central CENTRAL de Inteligencia, hasta que finalmente vio ante sí la extraña, ligera y palpitante cúpula de ELLO.

«Papá dijo que estaba bien que tuviera miedo. Dijo que siguiera adelante y tuviera miedo. Y la señora Quién dijo..., no entiendo lo que dijo, pero creo que fue para que no abominara el no ser más que yo, y ser como soy. Y la señora Qué dijo que recordase que me quiere. Es en eso en lo que tengo que pensar. No en tener miedo. O en no ser tan lista como ELLO. La señora Qué me quiere. No es poca cosa, ser querida por alguien como la señora Qué».

Ya estaba allí.

Por más lentamente que fuera, sus pies la habían llevado finalmente hasta allí.

Directamente frente a ella se encontraba el edificio circular, sus muros refulgentes con una llama violácea, su cubierta plateada palpitando con una luz que a Meg le parecía malévola. Nuevamente sintió la sensación de que la luz, ni cálida ni fría, se extendía hacia ella por tocarla, atrayéndola hacia ELLO.

Hubo una súbita succión, y se encontró dentro.

Era como si el aire le hubiera sido arrebatado. Jadeó para recuperar la respiración, para respirar a su propio ritmo, no de acuerdo a la penetrante pulsación de ELLO. Sentía dentro de su cuerpo el inexorable latido, controlando su corazón, sus pulmones.

Pero no su ser. No a Meg. No estaba en su poder, todavía.

Agitó velozmente los párpados contrariando aquel ritmo, hasta que la sombra roja que cubría su visión se disipó, y pudo ver. Allí estaba el cerebro, allí estaba ELLO, yaciendo palpitante y tembloroso sobre la tarima, blando, desnudo, repulsivo. Charles Wallace se hallaba acurrucado al costado de ELLO, con los ojos todavía girando lentamente, la quijada todavía colgando, tal como le había visto la otra vez, y una contracción en la frente que repetía el odioso ritmo de ELLO.

Verlo fue otra vez para Meg como recibir un golpe en el estómago, pues tuvo que asimilar de nuevo que estaba viendo a Charles, y que sin embargo no se trataba en absoluto de él. ¿Dónde estaba Charles Wallace, su amado y verdadero Charles Wallace?

«¿Qué es lo que yo poseo, que ELLO no posee?»

–Tú no posees nada que ELLO no posea –dijo fríamente Charles Wallace–. ¡Qué agradable tenerte de regreso, querida hermana. Te hemos estado esperando. Sabíamos que la señora Qué te enviaría. Como sabrás, ella es amiga nuestra.

Por un instante atroz, Meg lo creyó, y en ese instante sintió que su cerebro era arrastrado hacia ELLO.

–¡No! –gritó con toda la fuerza de sus pulmones–. ¡No! ¡Mientes!

Por un momento, volvió a sentirse libre de las garras de ELLO.

«Mientras pueda mantenerme furiosa, ELLO no puede cogerme. ¿Es eso lo que yo poseo y ELLO no?»

–Tonterías –dijo Charles Wallace–. No posees nada que él no posea.

–Estás mintiendo –replicó ella, y sintió nada más que furia contra aquel niño que no era de ningún modo Charles Wallace. No, no era furia, era aversión; era odio, puro y genuino, y según se iba sumergiendo en el odio, también se iba sumergiendo en ELLO. Su cuerpo temblaba con la fuerza de su odio y la fuerza de ELLO.

Con un último vestigio de conciencia, sacudió su mente y su cuerpo. El odio no era algo que ELLO no poseyera. ELLO era experto en odio.

—¡Estás mintiendo, y mentías acerca de la señora Qué! —gritó.

—La señora Qué te odia —dijo Charles Wallace.

Y allí estuvo el error fatal de ELLO, pues al decir, automáticamente, «La señora Qué me quiere; me ha dicho eso, que me quiere», súbitamente Meg comprendió.

¡Lo supo!

Amor.

Eso era lo que ella poseía, y ELLO no.

Ella tenía el amor de la señora Qué, y el de su padre, y el de su madre, y el del verdadero Charles Wallace, y el de los mellizos, y el de Tía-Bestia.

Y poseía su propio amor hacia ellos.

¿Pero cómo podría utilizarlo? ¿Qué se esperaba que hiciese?

Si pudiera dar amor a ELLO, tal vez éste se marchitara y muriese, pues estaba segura de que ELLO no podía soportar el amor. Pero ella, a pesar de toda su flaqueza, su simpleza, su ruindad y su insignificancia, era incapaz de amar a ELLO. Acaso no fuera pedirle demasiado, pero no podía.

Pero podía amar a Charles Wallace.

Podía plantarse allí y querer a Charles Wallace.

A su verdadero Charles Wallace, al Charles Wallace real, el niño por quien había regresado a Camazotz, a ELLO, el pequeño que era mucho más que ella, y que no obstante era aún tan absolutamente vulnerable.

«Charles. Charles, te quiero. Mi hermanito pequeño que siempre cuida de mí. Vuelve a mí, Charles Wallace, apártate de ELLO, vuelve, regresa a casa. Te quiero, Charles. Oh, Charles Wallace, te quiero.»

Las lágrimas inundaban sus mejillas, pero ella no se enteraba.

Ahora podía incluso mirarlo, mirar aquella cosa animada que no era en absoluto su verdadero Charles Wallace. Podía mirar y amar.

«Te quiero. Charles Wallace, eres mi predilecto y mi bienamado, y la luz de mi vida y el tesoro de mi corazón. Tc quiero. Te quiero. Te quiero.»

Lentamente, la boca del niño se cerró. Lentamente, sus ojos dejaron de girar. La repulsiva contracción en su frente cesó. Lentamente avanzó hacia su hermana.

–¡Te quiero! –gritó ella–. ¡Te quiero, Charles! ¡Te quiero!

Y de pronto, él corría hacia ella, se arrojaba impulsivamente, estaba en sus brazos, exclamando entre sollozos: «¡Meg! ¡Meg! ¡Meg!»

–¡Te quiero, Charles! –gritó ella de nuevo, sollozando tan fuerte como él, mezclando sus lágrimas con las del pequeño.

–¡Te quiero! ¡Te quiero! ¡Te quiero!

Una vorágine oscura. Una ráfaga de viento helado. Un violento aullido de furia que a Meg le pareció que la desgarraba por dentro. De nuevo oscuridad. A través de la oscuridad vino en su auxilio la sensación de la presencia de la señora Qué, de modo que Meg supo que no podía ser ELLO quien la tenía ahora entre sus garras.

Y después la sensación de tierra debajo suyo, de una cosa estrechada entre sus brazos, y se encontró rodando sobre la tierra otoñal dulcemente fragante, con Charles Wallace que exclamaba: «¡Meg!, ¡oh, Meg!»

Ahora estaba estrechándolo apretadamente, y él la ceñía con fuerza del cuello con sus bracitos.

–¡Meg! ¡Me has salvado! –repetía una y otra vez.

–¡Meg! –oyó llamar, y allí estaban su padre

y Calvin avanzando de prisa en la oscuridad hacia ellos.

Sin soltar a Charles, Meg hizo un esfuerzo para ponerse de pie y mirar a su alrededor.

–¡Papá! ¡Cal! ¿Dónde estamos?

Charles Wallace, cogido fuertemente de su mano, miraba también alrededor, y de pronto soltó la risa, su propia, dulce y contagiosa risa.

–¡En la huerta de los mellizos! ¡Y hemos aterrizado sobre las coles!

Meg empezó a reír también, a la vez que trataba de abrazar a su padre, a Calvin, sin soltar a Charles Wallace ni por un segundo.

–¡Meg! ¡Lo has logrado! –gritó Calvin–. ¡Has salvado a Charles!

–Estoy muy orgulloso de ti, hija mía. –El señor Murry la besó solemnemente, y luego se volvió hacia la casa–. Ahora tengo que entrar a buscar a mamá. –Meg advirtió que estaba tratando de dominar su ansiedad y su preocupación.

–¡Mira! –señaló hacia la casa, y allí estaban los mellizos y la señora Murry, dirigiéndose hacia ellos a través del césped crecido y mojado.

–Mañana a primera hora tengo que conseguir unas gafas nuevas –dijo el señor Murry, esforzándose por ver en la oscuridad, y echando luego a correr hacia su esposa.

La voz de Dennys, enojado, atravesó el prado:

–¡Ea, Meg, que es hora de dormir!

Sandy vociferó, de pronto:

–¡Papá!

El señor Murry corría cruzando el prado, la señora Murry corría hacia él, y pronto estuvieron abrazados, y luego hubo una tremenda y jubilosa maraña de brazos y piernas y de abrazos, con los Murry adultos y Meg y Charles Wallace y los mellizos, y Calvin sonriente junto a ellos, hasta que Meg extendió un brazo y le empujó al entrevero, y la señora Murry le dio un abrazo especial por cuenta propia. Hablaban y reían todos al mismo tiempo, cuando les sobresaltó un crujido, y Fortinbrás, que no pudo soportar ni un segundo más estar excluido de aquella algarabía, catapultó su esbelto cuerpo negro a través de la cortina de la puerta de la cocina. Arremetió a través del prado para unirse al jolgorio, y casi derriba a todos con la exuberancia de su bienvenida.

Meg supo enseguida que la señora Qué, la señora Quién y la señora Cuál debían estar cerca, porque sintió que todo su ser se sumía en una ola de alegría y de amor, que eran aún más grandes y profundos que la alegría y el amor que ya estaban presentes.

Dejó de reír y escuchó, y Charles escuchó también.

–Shh...

Entonces hubo un zumbido, y la señora Qué, la señora Quién y la señora Cuál aparecieron de pie frente a ellos, y la alegría y el amor fueron tan tangibles que Meg sintió que si hubiera sabido hacia dónde tender el brazo, podría haberlas tocado con las manos.

La señora Qué dijo, jadeante:

–Oh, queridos míos, lamento que no tengamos tiempo para deciros adiós como quisiéramos. Ocurre que tenemos demasiado que...

Pero nunca se enteraron de lo que la señora Qué, la señora Quién y la señora Cuál tenían que hacer, pues se produjo una ráfaga de viento, y de pronto las tres habían desaparecido.